W0306619

Monsieur de Lyon

NICOLE AVRIL | *ŒUVRES*

LES GENS DE MISAR	
LES REMPARTS D'ADRIEN	
LE JARDIN DES ABSENTS	
MONSIEUR DE LYON	*J'ai lu* 1049***
L'ÉTÉ DE LA SAINT-VALENTIN	*J'ai lu* 2038**
LA DISGRÂCE	*J'ai lu* 1344***
JEANNE	*J'ai lu* 1879***
LA PREMIÈRE ALLIANCE	*J'ai lu* 2168***
TAISEZ-VOUS, ELKABBACH	
SUR LA PEAU DU DIABLE	

Nicole Avril

Monsieur de Lyon

Éditions J'ai lu

« Ne l'oubliez pas, le bourreau se tient déjà derrière la porte. »

Jean-Patrick Manchette.
Fatale.

© Éditions Albin Michel, 1979

1

MONSIEUR CAMILLE, MONSIEUR CAMILLE!

– Monsieur Camille, monsieur Camille! Ces messieurs de la Ville vous attendent.

Au second étage, une main nerveuse fit claquer les jalousies et un beau visage aux yeux verts dont la jeunesse surprenait sous l'apprêt de la perruque apparut aussitôt dans le rectangle de la fenêtre.

– J'y vais, j'y vais, madame Filoche.

Le jeune homme parcourut du regard l'étroite rue de l'Enfant-qui-pisse, puis, le torse émergeant de la maison, il releva la tête afin d'apercevoir le ciel entre le double alignement des galetas.

– C'est de l'orage pour ce soir, ajouta-t-il à l'adresse de Mme Filoche. Il savait que le meilleur moyen de séduire sa logeuse était de l'entretenir de ce qui la passionnait. Mais aujourd'hui, la grosse Mme Filoche semblait avoir oublié la chaleur, l'orage et le matin trop brûlant. Debout au milieu de la rue, les mains sur les hanches et la face rouge comme un masque de Mardi gras, elle n'avait de regard et de pensée que pour son jeune locataire.

– Dieu que vous vous êtes fait beau! répétait-elle avec ferveur.

Ses mains se joignaient sur sa poitrine et il s'en fallait de peu qu'elle ne tombât à genoux devant son M. Camille. Il est vrai que le spectacle en valait la peine. Les paupières un peu lourdes, le regard plus vert que les surgeons du printemps, le cou hautain et les dentelles de la chemise le disputant en éclat au blanc de l'œil, Camille laissait loin derrière lui toutes les vénérables effigies des saint Irénée, saint Pothin et autres patrons de la ville de Lyon. Une génuflexion n'eût pas été de trop. Que dis-je, une génuflexion, une éternelle litanie!

– Je ne sais ce qu'ils vous veulent, ces messieurs de la Ville, balbutiait Mme Filoche, mais que Dieu vous bénisse, monsieur Camille. Dieu vous bénisse dans toutes vos entreprises!

– Qu'Il vous entende, ma belle dame, j'aurai grand besoin de Son aide!

La grosse belle frémit sous la caresse de la voix aimée. Et, lorsque Camille, le visage indifférent, eut disparu de la fenêtre du second étage, longtemps encore Mme Filoche resta le regard fixé sur la niche qui avait abrité son idole.

Pendant ce temps, Antonin avait surgi dans la chambre de Camille. C'était une espèce de géant roux, large comme une armoire bressane, et, néanmoins, alerte sur ses jambes. Il arpentait la pièce d'un pas nerveux, le cou rentré dans les épaules pour ne pas heurter les poutres du plafond. Son habit vert sentait le neuf et il avait passé dans sa ceinture la petite flûte à clés d'argent qui ne le quittait jamais. Antonin racontait volontiers qu'un corsaire de La Rochelle la lui avait confiée avant de monter sur l'échafaud et que ledit corsaire l'avait lui-même volée à un marin chinois au cours d'un glorieux abordage dans le fin fond des mers du Sud. Une telle flûte, aux accents si graves et si tristes, valait bien quelque carnage et nombre de coureurs d'océan avaient mis le grappin sur des navires pour beaucoup moins que cela.

– Vous êtes bien sûr de ne rien regretter, monsieur? interrogea le valet soudain immobile en insistant sur le « monsieur ». Etait-ce par souci de politesse? Camille semblait ignorer le zèle de son serviteur et il souriait seulement comme si, de toute évidence, la question ne méritait pas qu'on lui fît réponse.

– Vous pouvez encore refuser, il est temps, insista une fois de plus Antonin, et, pour mieux masquer une certaine gêne, il reprit son va-et-vient de gros hanneton roux, se cognant aux murs et au plafond.

– Aurais-tu peur? interrogea à son tour Camille avec ce rien d'ironie qui brisa net le vol d'Antonin.

– Moi? s'exclama celui-ci les lèvres en O

comme s'il allait emboucher sur-le-champ sa chère flûte.

– Te souviens-tu de Laurent? Te souviens-tu de sa mort? Te souviens-tu de notre serment? Et voilà que maintenant tu hésites! Sais-tu, Antonin, que je changerais plus facilement de valet que de résolution? Sais-tu que rien ni personne ne m'arrêtera? Sais-tu...?

Les joues de Camille s'étaient légèrement empourprées, tandis que le vert de son regard se durcissait jusqu'à ce gris d'eau et de métal qui gèle les sangs.

– Trève de bavardage, trancha-t-il, et, après avoir ceint un baudrier de cuir brun, il enfouit son épée dans le fourreau.

– Vous êtes superbe, s'écria le valet (et, considérant son maître de pied en cap, il ajouta avec dans le regard cette même tendresse admirative qu'avait eue quelques instants plus tôt la grosse Mme Filoche :) Tout y est : la perruque à la financière, les galons, les bas blancs et les escarpins noirs. Tout y est. Je vous suivrai jusqu'à la mort, monsieur Camille.

– Jusqu'à la mort, Antonin? Que tu es poltron! C'est au delà de la mort qu'il faut me suivre, car nous aurons à faire le voyage bien des fois.

Un rire effronté dévoila la belle denture de Camille.

– A vos ordres, monsieur, répondit Antonin.

Les deux hommes se précipitèrent aussitôt dans l'escalier où le bruit de leurs pas interrompit la cadence obsédante des métiers à tisser. Là-haut sous les combles, dans de sombres réduits enfiévrés par la chaleur d'août, toute une population d'enfants, d'hommes, de femmes et de vieillards, liée à son métier comme le bœuf à la charrue, fabriquait les brocarts à ramages et les soies lamées d'or et d'argent. La touffeur faisait briller les fronts, et, pour ne pas ternir de leur transpiration les somptueuses étoffes, ils allaient l'un après l'autre plonger leur visage, leurs bras et leurs mains dans de grands baquets d'eau.

Rue de l'Enfant-qui-pisse, force fut à nos deux compères de ralentir leur marche. Il est vrai que s'il était malaisé de s'y frayer un passage en toutes saisons, la chaleur de l'orage n'arrangeait rien à l'affaire. Chaque geste était plus vif, chaque parole plus violente. Les affaneurs (1) qui roulaient leurs tonneaux dans la poussière au milieu des chaises à porteurs, des voitures de louage et des chariots, passaient pour être les seigneurs de l'injure, titre qui leur valait bien de la considération. Quand ils tenaient quelqu'un en joue, ils savaient faire feu de tous mots et le teinturier venait de l'apprendre à ses dépens. Il faut dire que sa cause était indéfendable. N'avait-il pas dressé ses perches d'étendage au beau milieu de la chaussée? Les étoffes interceptaient le jour des maisons voisines et encombraient tout le passage. Si le regard du promeneur pouvait se

(1) Affaneur : mot lyonnais qui désigne les portefaix.

réjouir de cet immense bouquet éclos au cœur du remue-ménage, les habitants du quartier étaient furieux. On eût dit que toutes ces couleurs, avivées par un soleil d'août presque au zénith, avaient le don d'exciter les esprits et de rendre encore plus véloce la langue des affaneurs.

Un peu plus loin, deux gamines agenouillées frottaient le sol devant leur porte avec une brosse de chiendent. A l'approche de Camille, elles levèrent la tête, et, considérant de leurs yeux effrontés son costume dans le moindre détail, elles pouffèrent de rire derrière leurs mains.

– Il s'est habillé pour chanter deo gratias à Saint-Nizier, s'écria la plus âgée des deux dont le bout du nez était barbouillé de savon noir.

– Dis plutôt le requiem, lança goguenard Antonin tandis que les donzelles saisies d'épouvante se signaient à deux reprises afin de conjurer le mauvais sort.

– Vous n'engendrez pas l'indifférence, fit remarquer Antonin, que sera-ce quand on aura appris la nouvelle...!

Camille ne broncha pas. Il semblait ignorer la curiosité suscitée par sa présence dans ces petites rues lyonnaises où chaque visage était connu, chaque être soigneusement répertorié. Pour tous, riches ou pauvres, la règle d'or consistait à ne pas se faire remarquer. La fortune ne s'affichait pas plus que la truanderie et l'élégance restait austère.

Depuis des mois et des mois qu'il avait quitté

les rivages de l'Atlantique, Camille avait l'impression de pénétrer toujours plus avant à l'intérieur du pays. Le décor se resserrait autour de lui et les ruelles étroites du quartier des Terreaux semblaient le conduire inexorablement vers le lieu de son destin.

Parfois encore, il levait la tête pour apercevoir tout là-haut entre les combles où battaient les métiers à tisser, un ciel chauffé à blanc. Il cherchait malgré lui le vol criard des mouettes. Ne disait-on pas dans son pays, près de La Rochelle, que les marins morts au large se changent en oiseaux de mer? Mais les grands morts d'autrefois ne lui faisaient plus signe. Déjà, Camille avait cessé de rêver des Amériques et de leurs forêts au bord du fleuve. Il n'y avait plus de mer. Il n'y avait plus de marins. Camille avait tourné le dos à son passé. Et Lyon était bien la ville la plus intérieure qui soit avec le grouillement de ses rues sombres et l'inextricable enchevêtrement de ses passages en forme de coupe-gorge. Impossible de croire aux départs dans cette ville sans horizon.

Place des Terreaux, c'était le jour du marché aux chevaux et les bêtes exposées en plein soleil piaffaient d'impatience. A grands seaux d'eau, les marchands tentaient de les rafraîchir et ils les flattaient de la voix et de la main pour les encourager à offrir leur mine la plus avenante aux acheteurs. Ça sentait la chair lasse, le fumier et le vin rouge. Les cabaretiers avaient sorti leurs tables.

– Allons boire pot! s'écriait-on de tous côtés et on poursuivait les marchandages un gobelet tiède à la main.

Nos deux héros se frayèrent un chemin parmi les hommes et les bêtes. Ils avaient le pas décidé de ceux qui savent où ils vont et qui n'ont pas de temps à perdre. Ils entrèrent dans l'hôtel de ville par la porte centrale, et, de là, un archer les conduisit jusqu'à une salle d'attente lambrissée de chêne. Ils n'eurent pas à s'impatienter. Bientôt, l'archer vint dire à Camille qu'il était attendu et Antonin qui s'était précipité pour suivre son maître dut se rasseoir l'air dépité. Peu lui importait d'être traité comme quantité négligeable, mais il supportait mal de savoir Camille sans protection. Il y avait de la mère poule dans cette grande brute.

Trois hommes emperruqués étaient assis derrière une grande table de marqueterie.

– Tout est en règle, dit le plus âgé qui avait une énorme tête de taureau. Vous allez pouvoir commencer votre travail immédiatement. Depuis le temps que nous n'avons plus de...

Les deux autres s'étaient tournés vers celui qui parlait en fronçant les sourcils et sa phrase resta en suspens.

– Je sais, je sais, messieurs, dit Camille d'un ton qui les fit sursauter. Ces messieurs semblaient peu accoutumés à ce qu'on leur répondît avec assurance et la voix de Camille était d'une surprenante fermeté.

– Je sais, messieurs, poursuivit-il, que vous n'avez pas été mécontents de me trouver. N'est-il pas vrai que la charge ne séduisait pas grand monde? On répugnait à l'ouvrage. On avait peur. Vous pouvez parler clairement. Je n'ignore rien de la situation, et, si je suis aujourd'hui devant vous, c'est de mon plein gré. Je ne suis pas tombé dans un piège. Je connais le sort de ceux qui m'ont précédé, les uns assassinés, les autres morts de fièvres aussi brutales qu'inattendues. On ne fait pas de vieux os dans la carrière! Voilà la vérité.

Dans la grande salle aux boiseries sombres, aucun siège n'était prévu à l'usage des visiteurs et Camille, bien campé sur ses jambes, ne semblait pas ressentir l'inconfort de sa position.

– Nous n'avions jamais entendu parler de vous, bougonna le taureau au mufle rouge et humide. Estimez-vous heureux que nous vous ayons fait l'honneur de prendre en considération votre demande. Je ne vois pas très bien à quel piège vous faites allusion.

– Je dis seulement que vous n'avez pas l'embarras du choix, les candidats sont rares.

– Vous sentiriez-vous indigne de cette charge? interrogea un de ceux qui n'avaient pas encore pris la parole. L'arrogance de Camille l'exaspérait et sa colère se traduisait par de petits reniflements nerveux. Il était clair que tous trois désiraient régler l'affaire au plus vite.

– Messieurs, vous me jugerez à l'œuvre.

– Voilà qui est bien parler, approuvèrent-ils d'un seul élan, puis ils se concertèrent à voix basse, leurs têtes rapprochées comme trois grosses pivoines fanées. Quand le conciliabule fut terminé, ils se carrèrent de nouveau dans leurs fauteuils et entonnèrent tour à tour et d'une manière rituelle un interminable récitatif.

– L'exécuteur des jugements criminels ou Maître des Hautes Œuvres en la ville de Lyon recevra un salaire pour chacun de ses travaux. Quatre-ving-dix livres pour brûler, six livres pour jeter les cendres au vent, soixante livres pour rompre les membres de onze coups de barre – deux coups par bras et par jambe, trois coups sur la poitrine – quinze livres pour l'exposition sur la place publique, six livres pour brûler les écrits et libelles...

Les trois voix se fondaient dans la même incantation; les phrases lentes, monotones, semblaient dépourvues de sens et la prière horrible s'alanguissait dans la chaleur d'un matin finissant. Nul bruit extérieur ne parvenait à franchir les murs épais de l'hôtel de ville. Dehors pourtant, c'était le tumulte des jours de marché. La sueur, le vin qui poisse, les bêtes qui s'ébrouent, les hommes qui rient, qui crient, qui prient Dieu de leur venir en aide et de remplir leur bourse. Dehors pourtant, c'était la vie.

– Quarante livres pour pendre, vingt-cinq livres pour le carcan, trente livres pour...

Un vol de bourdon contre les vitres closes. Les trois hommes à perruque intronisaient Camille. Au terme du rituel, il n'aurait plus de nom. Il serait le bourreau et on l'appellerait « monsieur de Lyon ».

– Afin de mieux accomplir ma tâche, dit-il quand les trois autres furent enfin silencieux, j'avais demandé à rester seul avec les condamnés après leur confession et jusqu'à leur départ pour le supplice.

– Sans gardes?

– A quoi bon des gardes? Les condamnés ont les mains et les pieds liés.

– Bien, nous vous accordons cette faveur, répondit l'homme à la tête de taureau. (Et il ajouta soudain pressé :) Je pense que nous pouvons nous en tenir là. Vous n'avez pas d'autres demandes à formuler?

Midi venait de sonner, et, à cet appel aucun estomac à Lyon n'est insensible.

– Les condamnés seront-ils bâillonnés lors de l'exécution?

– Ils le seront, ainsi en avons-nous décidé. Nous ne voulons plus entendre les discours obscènes des criminels qui en profitent pour prendre à témoin les spectateurs, injurier les magistrats et maudire les bourgeois de la ville. Nous avons trop connu de troubles et de bousculades suscités par ces déclarations de dernière heure. Avec le bâillon, la cérémonie retrouvera sa dignité. Est-ce tout, monsieur?

– C'est tout.

Alors, l'homme à la grosse tête sortit d'un tiroir la lettre de la Grande Chancellerie signée de Sa Majesté Louis le Quinzième, et il la jeta tout aussitôt dessous la table comme la tradition l'exigeait. Un spectateur ignorant eût pu s'étonner de ce geste, mais Camille qui connaissait les usages ne fut point surpris. Il se coucha de tout son long sur le plancher, le nez dans l'odeur rance de la cire, et, son épée heurtant le sol à chaque mouvement, il rampa jusqu'à la table pour aller ramasser ses lettres patentes. Un sourire s'épanouit sur les lèvres des trois messieurs de la Ville. Ils en avaient fini. Le beau jeune homme aux bas blancs et aux escarpins noirs qui avait osé leur parler d'égal à égal était vautré à leurs pieds et cette cérémonie, qui semblait être une caricature de l'adoubement du chevalier, donnait à leur vanité bien des satisfactions. Tout était en ordre, car la face majestueuse du souverain suppose son envers d'opprobre.

– Au revoir, monsieur de Lyon.

Camille était entré dans la dynastie des intouchables.

En cette année 1755, dont bien des gens se souvinrent longtemps car l'été fut de courte durée mais d'une chaleur exceptionnelle, notre homme devint donc bourreau. Il avait en main ses lettres patentes qu'on lui avait jetées comme un os à un chien, mais il n'en avait pas pour autant changé de physionomie. Et, comme chacun sait, rien ne ressemble plus à un bourreau qu'un paisible promeneur, personne ne se détourna de lui avec effroi quand il sortit de l'hôtel de ville flanqué de son fidèle Antonin. Sans doute, fallait-il attendre de le voir officier pour croire que ce beau jeune homme au regard clair pût se transformer en un personnage de cauchemar.

– Alors, Antonin, te voilà promu premier aide de bourreau, qu'en dis-tu? plaisanta Camille.

– Vous oubliez, maître, que j'en ai une certaine habitude : La Rochelle, Limoges...

– Tais-toi, fanfaron. Tu ne vas pas énumérer tous tes faits d'armes.

– Je n'en suis pas fier, maître. Je n'ai fait qu'obéir. Mais avec vous, c'est différent.

– Pourquoi, Antonin? Un monsieur de Lyon vaudrait-il mieux qu'un monsieur de La Rochelle?

Sur la place des Terreaux, on continuait à vider force bouteilles, tandis que le crottin séchait au soleil et que les chevaux tournaient vers le ciel des regards harassés.

– J'aime La Rochelle, répondit Antonin, mais je vous préfère, vous, à tout au monde. Et puis, vous savez bien que je ne suis pas à vos côtés par hasard, pas plus que vous n'êtes monsieur de Lyon par hasard.

– Je le sais, Antonin. Devenir bourreau par amour, qui le croirait? Embouche ta flûte, c'est la dernière fois que nous nous promenons sur cette place à notre guise.

Les gamins suivaient nos deux compères en esquissant des pas de danse. Le géant roux tirait de sa petite flûte à clés d'argent des sons d'une délicatesse surprenante. Des hommes encourageaient d'un sourire le musicien au frêle instrument; d'autres, trop préoccupés du marché à conclure, n'avaient qu'un haussement d'épaules dédaigneux. Le cortège de farfadets se frayait un chemin parmi les paysans vêtus de souquenilles bleues et grises et les marchands gonflés de vin.

Après avoir dispersé leur escorte, ils s'attablèrent tous deux au Café Grand pour boire de l'eau d'arquebuse et du sirop d'orgeat.

– Vois, Antonin, dit Camille en désignant un groupe d'hommes affairés autour d'un superbe percheron, vois comme ils savent choisir une bête. Prends bien garde à chaque mot, chaque geste. C'est du grand art, Antonin.

– Je n'ai pas besoin de leçon, maître. Qu'on soit de l'Aunis ou du Lyonnais, le langage est le même. Je tétais ma nourrice que je connaissais déjà ces gestes. Regardez l'homme au sarrau gris. Il lorgne d'abord les flancs pour voir si l'animal respire bien. C'est pas une bête qui ahane qu'il est venu chercher. Il lorgne ensuite les jambes, une à une, bien calmement, il a tout son temps, le bougre. La bête est-elle panarde, cagneuse, arquée ou pinçarde? A-t-elle des varices comme une vieille commère? Il prend du recul et plisse ses petits yeux savants, puis il revient à la charge. Il palpe, tâte, passe la main sur le dos, les reins, et pince l'animal à l'endroit qu'il faut pour sentir s'il réagit bien. Il se campe par-derrière, par-devant, par côté. Ses habitudes, sont-elles franches? Il lui fait lever les quatre pieds, l'un après l'autre. La corne, est-elle blanche? Il prend une pierre et tape sur le fer pour vérifier s'il ne cache pas une tare. Il lui ferme l'œil avec la main, puis la retire pour scruter la pupille. Reste encore à vérifier les dents, la langue. Vous croyez qu'il en a fini? Point donc, on ne s'en tire pas si vite avec un fin connaisseur. Il lui faut faire courir la bête. « Hein, quel trot ça vous a! », répète le vendeur plus essoufflé que le cheval. L'homme au sarrau approuve à peine. La bête lui plaît, mais il doit refréner son amour. Il va marchander, compter et recompter son argent. Tudieu, c'est le cheval de sa vie, pourtant il hésite, tergiverse. Il faut tenir la dragée haute au marchand. Et jamais l'homme au sarrau n'a consacré autant d'heures à courtiser une femme qu'à choisir un cheval. Voilà bien la vérité!

Autour d'eux, les affaires se concluaient en trinquant.

– Vive Charabarat! s'écriait-on, et l'on s'épongeait les joues avec des mouchoirs rapiécés. Vive Charabarat!

On n'entendait plus que ces quatre syllabes magiques : cha-ra-ba-rat. Les hennissements, le trot des bêtes, le cliquetis des verres, les jurons des hommes, tout le tumulte de la place et de ses cabarets se résumait en un mot : charabarat. Ainsi appelait-on le marché aux chevaux. Quelle était l'origine de ce vocable étrange? Il est à parier que nos buveurs ne s'en souciaient guère. Quant aux savants qui préfèrent l'étymologie à l'odeur du crottin, ils ne parvenaient pas à s'entendre sur une réponse précise. Deux écoles s'affrontaient. Les tenants de la première, se rangeant derrière Ménage, prétendaient que le mot venait du Quercy où barata signifie tricher, les autres juraient leurs grands dieux qu'il ne s'agissait là que d'une simple onomatopée. A ces derniers, la réunion du jour semblait donner raison; elle était aussi bruyante que le mot était sonore.

Camille considérait le spectacle mais quelque chose l'empêchait de se mêler tout à fait à la foule. Son costume d'abord le gênait. Quelle idée d'aller faire charabarat en perruque à la financière et en escarpins noirs! Cette respectabilité de la terreur qu'il allait bientôt personnifier, il en portait déjà les stigmates, même si les autres, trop occupés à boire et à vendre, ne les remarquaient pas; Camille, lui, savait. Il n'était pas près d'oublier cette odeur de cire déposée jour après jour, mois après mois, sur le plancher de l'hôtel de ville, et il se voyait encore le nez dans ce parfum tenace et douceâtre ramper sur le sol jusqu'aux pieds des hommes qui lui avaient jeté la lettre signée du Roi. Les cloches de midi s'étaient tues à ce moment-là, et ces messieurs de la Ville, confits dans leur dignité, regardaient d'un œil vide le jeune homme soumis qui était le gage de leur tranquillité.

Mais ce n'était pas tout. Il n'y avait pas que sa nouvelle charge qui faisait de Camille un être différent des autres. Depuis son arrivée à Lyon, quatre semaines plus tôt, il n'avait cessé de se sentir étranger à la ville. Sans l'horloge des marées, les jours lui semblaient indécis, et il s'étonnait de ne pas voir forcer un vent doublé de sel à l'heure du flux. Loin de la grande respiration océane, le monde était étale et la chaleur s'appesantissait comme si l'été dût être éternel. Chacun s'installait dans cette monotonie et les gestes, les mots, les rires même étaient sans surprise. Qui donc réglait ce parfait mécanisme? Chaque homme était à sa place et tous jouaient un rôle; jusque dans l'expression de leur joie, les Lyonnais étaient sérieux. Jusque dans leur folie, ils étaient raisonnables.

– Tiens, voilà la Nonante, l'orage ne va pas tarder.

Aux tables voisines, tous les visages s'étaient tournés vers une petite vieille vêtue de guenilles noires. Son corps minuscule disparaissait sous les écharpes, les guimpes, les châles et les fichus. On eût dit une momie desséchée dans ses bandelettes. Seuls ses yeux étaient mobiles mais leur bleu décoloré semblait plus minéral qu'humain. Le soleil à la verticale jouait sur ce regard de pierre et en faisait jaillir de rapides étincelles.

A son approche, les conversations baissèrent d'un ton et certains n'osèrent poursuivre leurs propos qu'une fois bien abrités derrière l'auvent de leurs mains. Tous connaissaient la Nonante, et, même s'ils ne l'avaient jamais rencontrée, tant de légendes entouraient son personnage que les présentations étaient superflues. La Nonante n'avait pas d'âge et plusieurs générations de Lyonnais avaient caché derrière des moqueries la peur qu'elle leur inspirait.

Dès qu'elle quittait sa montée du Gourguillon pour se rendre en ville, on s'interrogeait. La foudre allait-elle s'abattre sur Fourvière? Les puits seraient-ils bientôt taris aux Brotteaux? Allait-elle annoncer un deuil prochain à la Cour qui se traduirait inévitablement par le sommeil des métiers à tisser et la famine? Qui mourrait? Qui serait épargné? La Nonante ne se dérangeait pas pour rien.

Depuis quatre ans, ses sorties étaient rares. On la disait malade et si plus d'un espérait sa mort, personne n'y croyait vraiment. La dernière fois qu'on l'avait vue aux Terreaux, c'était pour l'exécution de son petit-fils. Le jeune homme, accusé d'avoir détroussé des voyageurs dans une forêt à quatre ou cinq lieues en aval de Lyon, avait été pendu sur cette même place un lundi de novembre où le brouillard était particulièrement épais. Malgré le mauvais temps qui gâchait le spectacle, bien des badauds s'étaient massés dès les premières heures du jour. On se doutait que cette pendaison ne se passerait pas sans incident. Certains croyaient que la grâce du Roi arriverait juste avant le moment fatal. Les voyageurs avaient été bel et bien rossés et volés, mais aucun d'eux n'en était mort. De plus, ces messieurs de la Ville n'auraient pas été mécontents de relâcher un condamné dont la grand-mère les effrayait.

On fit traîner les préparatifs, mais il fallut bien se résoudre au pire, et, quand le jeune homme rendit son âme à Dieu, ou au diable, du brouillard qui masquait les visages, jaillit la voix de la Nonante qui maudissait la ville et ses bourreaux. Quelques minutes seulement après la mort du voleur, un cavalier épuisé de fatigue s'en vint déposer au pied du gibet la grâce royale. Sa Majesté n'avait pas prévu les intempéries.

Le petit-fils était mort et la parole de la grand-mère semait la panique. Le bourreau disparut neuf jours plus tard d'une fièvre maligne. Son successeur fit un faux pas et se rompit les membres en tombant de l'échafaud où il devait rompre ceux de quelque malandrin. Enfin, le dernier en date fut assassiné dans son sommeil, ainsi que sa femme, par deux hôtes de passage.

La Nonante avait traversé la place des Terreaux sans jeter un regard aux bêtes ni aux hommes. Chacun reculait d'un pas devant elle et il est à remarquer que certains chevaux plus racés et plus sensibles que les gros percherons faisaient également un léger saut de côté quand elle approchait d'eux. Elle allait à petits pas réguliers, ce qui donnait l'impression d'un glissement plus que d'une marche et son sillage était aussi droit que celui d'un navire qui a trouvé son vent. Ainsi, se dirigeait-elle vers le Café Grand où elle s'arrêta soudain devant la table de Camille et d'Antonin.

– Bonjour, monsieur, dit-elle, son regard décoloré planté dans les grands yeux verts de Camille. Elle avait insisté sur le « monsieur » comme Antonin l'avait fait avant elle. Sa voix était grave et l'âge n'y ajoutait aucun tremblement. Elle roulait légèrement les r. Etait-ce une lointaine, très lointaine, origine italienne?

« Bonjour, monsieur, répéta-t-elle en le dévisageant de ses yeux aveugles, je suis heureuse de vous souhaiter la bienvenue dans notre ville.

Aux autres tables, les hommes s'étaient tus, et, immobilisés au milieu d'une phrase ou d'un geste, ils semblaient avoir pris la pose pour l'éternité. Sur la poitrine de la Nonante, parmi ses guenilles noires, brillait un collier où, entre les sequins d'or, étaient intercalées d'étranges médailles dont les signes à demi effacés semblaient témoigner d'une langue disparue.

– Merci, madame, dit Camille qui avait réussi à maîtriser son émoi, tandis qu'Antonin bafouillait quelques mots incompréhensibles.

Le jeune homme s'était levé pour demander à la vieille de partager leur table.

– Vous êtes bien bon, répondit-elle, et ses yeux étaient durs comme le silex. Vous êtes bien bon, monsieur, mais d'autres tâches m'attendent là-haut.

Elle désignait un point précis sur la colline entre Fourvière et Saint-Just; puis elle ajouta d'une voix plus forte comme si elle prenait toute l'assistance à témoin :

– J'étais seulement venue vous souhaiter bonne chance, monsieur. On m'appelle la Nonante. Si vous avez besoin de moi, je demeure dans la montée du Gourguillon. Mais ici, tout le monde me connaît, n'est-ce pas?

Elle rit en balayant du regard toutes les tables. Sur sa poitrine, les sequins et les médailles aux signes cabalistiques s'entrechoquèrent dans un bruit d'arrière-cuisine.

– Je vous en prie, madame, dit encore Camille qui était resté debout. Je serais très fier de vous voir partager notre table.

– Comme il est galant, ce beau monsieur. Hélas! je n'ai plus l'âge de m'afficher avec de jeunes hommes. Vous ne voyez pas que je les fais fuir. Pourtant, si vous saviez tous les secrets qu'ils pourraient apprendre en ma compagnie!

A ces mots, une lueur de vie s'en vint rosir ses vieilles joues et les lèvres de la Nonante se retroussèrent sur des gencives édentées. Ses fichus et ses châles s'agitaient comme les branches d'un saule dans la tempête. Soudain agile, elle bondissait vers un buveur, le doigt pointé sur lui, et le défiant de son rire sombre :

– Toi, mon petit, veux-tu connaître les secrets de la Nonante? interrogeait-elle. (L'homme restait sans voix tandis qu'elle se tournait déjà vers un autre tout aussi médusé :) Et toi, le gros joufflu plein de vin? Sais-tu que la science n'est pas au fond de ton gobelet? et elle allait de table en table dans le cliquetis de ses médailles.

Quand elle eut défié toute l'assistance, elle cracha par terre avec entrain, puis elle s'éloigna de son petit pas régulier, non sans se

retourner une dernière fois vers Camille :
– A bientôt, mon beau monsieur, et sa voix souligna une fois encore le « monsieur ». Prenez garde au brouillard, il vient toujours plus vite que l'on ne croit.

2

ANGÉLIQUE BOUILLOTTE N'AVAIT PAS DIX-HUIT ANS...

Angélique Bouillotte n'avait pas dix-huit ans, mais son innocence s'en était allée à tire-d'aile il y avait plus d'un couple d'années. Il fallait bien survivre, et, pour tout patrimoine, Angélique n'avait que son petit visage aux yeux de chat et sa belle tournure. Il était déjà assez remarquable qu'elle eût préservé sa joliesse et sa fraîcheur, elle dont le jeune âge avait connu toutes les nuances de l'infortune.

Quelques semaines après sa naissance, ses parents l'avaient mise en nourrice à Saint-Martin-en-Haut, petit village du Lyonnais dont la principale industrie était l'allaitement des enfants de la ville. Elle demeura chez sa nourrice bien longtemps après son sevrage. Si ses parents payaient avec exactitude sa pension, jamais ils ne poussèrent la curiosité jusqu'à venir voir sur place quelle tête avait leur fille. Quant à la tendresse, on n'en avait cure à Saint-Martin-en-Haut et la paysanne, épuisée par tous les mioches qui s'étaient pendus à ses grosses mamelles, distribuait la nourriture beaucoup plus chichement que les taloches.

Un jour, Angélique devait avoir six ans, on lui apprit que M. Bouillotte père venait de mourir. L'enfant ne fit pas grand cas de la nouvelle, mais la pension arriva avec beaucoup de retard ce mois-là. A chaque nouvelle échéance, l'humeur de la nourrice s'aigrissait un peu plus et Angélique était mise au pain sec aussi longtemps que le courrier de Lyon n'avait pas apporté la somme due. La fillette n'avait que huit ans quand elle commença à se louer dans les fermes. Plus de nouvelles de sa mère. Etait-elle morte? Avait-elle échoué à l'hospice? Angélique Bouillotte était seule au monde.

A quinze ans, elle devint belle avec son tout petit nez qu'elle plissait en riant, sa bouche enfantine et ronde, et ses yeux piquetés de jaune et de vert qui se retroussaient vers les tempes. La charmante estima qu'un tel trésor ne devait pas être dilapidé en vain dans les verts pâturages de Saint-Martin-en-Haut et elle s'en alla tenter l'aventure en ville.

A Lyon, Angélique eut la chance d'être engagée comme servante chez une jeune veuve de la meilleure société : Mme de Grézieu La Varenne dont l'hôtel se situait rue Belle-Cordière, à deux pas de la place Bellecour que la plupart des gens appelaient encore place de Louisle-Grand. Là, on lui apprit à se vêtir, à se coiffer et à recevoir les hôtes de marque. Souvent Angélique devait prodiguer ses bonnes manières fort avant dans la nuit, car la marquise prenait grand soin de satisfaire tous les désirs de ses invités et Angélique était douée au point de seconder sa maîtresse en tout lieu et à toute heure. Mme de Grézieu La Varenne lui savait gré de son dévouement et elle lui confiait parfois quelque secret de cœur que la jeune fille écoutait en tricotant ce point à la mode qui, utilisé à l'endroit s'appelait le Pompadour, et à l'envers le Poisson. La confiance de sa maîtresse réchauffait le cœur d'Angélique et les cadeaux des beaux messieurs à qui elle rendait de si grands services ne la laissaient pas indifférente. Longtemps encore, la naïve enfant aurait pu se contenter d'une telle situation, si un jour...

– Il y a une exécution sur la place des Terreaux dans l'après-midi, annonça Mme de Grézieu La Varenne. Mon amie, l'abbesse de Saint-Pierre, m'a invitée chez elle, la fenêtre de son boudoir donne sur la place. Qu'en penses-tu, Angélique?

– Rien, madame. Je n'ai jamais vu d'exécution.

– Sais-tu que l'on dit des choses invraisemblables sur le nouveau bourreau? renchérit la marquise. Je ne serais pas mécontente de le voir à l'œuvre. Tu m'accompagneras jusqu'à l'abbaye royale, ensuite tu seras libre. Mais je t'engage vivement à ne pas manquer le spectacle.

Ainsi fut-il fait. Quand les deux femmes arrivèrent à l'abbaye, la place était déjà grise de monde. Malgré le petit vent froid, on s'était disputé dès l'aube les meilleures places. On avait apporté qui des provisions de bouche, qui des pliants dont on se servait tantôt de siège, tantôt de marchepied. On se faisait signe. On s'interpellait. On criait « Assis, assis! » aux gêneurs. Pourtant l'échafaud, élevé à huit pieds au-dessus du sol, était visible de toute part et il n'était encore animé que par le vent qui faisait bruire ses planches à chaque rafale.

Angélique se sentait mal à l'aise dans cette foule où elle ne connaissait personne. Des hommes lui jetaient au visage avec leur haleine chaude des mots qui n'avaient pas cours dans le salon de Mme de Grézieu. La prenait-on pour une des créatures qui monnaient leurs charmes crépusculaires dans les rues voisines? La prenait-on pour une chauve-souris? Oui, pour une chauve-souris? Les valets de la marquise lui avaient appris qu'on appelait ainsi les dames de petite vertu et, à ce seul mot de chauve-souris, Angélique effrayée sentait battre contre sa joue l'aile de la mort.

Elle voulut rejoindre sa maîtresse, mais la porte des dames de Saint-Pierre était fermée et elle n'osa pas frapper. Alors, elle se précipita rue de la Cage et rue de la Lanterne dans l'espoir de faire quelques emplettes. Le quartier était mort et les boutiques fermées. Cependant, des étages supérieurs, venait le bruit des métiers comme un gigantesque pouls qui semblait battre dans le vide. Prise de panique, Angélique regagna les Terreaux vers lesquels tout le sang de la ville avait reflué.

Une première bousculade eut lieu quand la charrette arriva et Angélique fut engluée dans le grand corps de la foule. Ça frémissait, ça criait, ça soupirait de fatigue, d'impatience, de colère, et, à chaque mot, un minuscule nuage de buée sortait de ces bouches innombrables. L'horloge de l'hôtel de ville marquait 3 heures quand le glas commença à tinter très haut dans le ciel. Le vent emportait au loin le bruit lugubre qui répandait sa nouvelle de mort sur tout le paysage. Aux fenêtres de l'abbaye royale, des dames frissonnèrent et un vol de pigeons aux ventres lourds rasa les têtes et s'en alla se poser au pied du gibet.

Les archers du guet avaient bien du mal à dégager le chemin devant la charrette. Le condamné, nu sous sa chemise de toile, tournait le dos au cheval. Bâillonné, les poignets liés, il rejoignait sa mort à reculons, tandis qu'à ses côtés, le chapelain de la prison marmonnait des prières, les yeux clos.

Il y eut un murmure dans la foule. Le bourreau avait sorti de sa poche un petit mouchoir dont il essuyait le front de sa victime. Le murmure grossit jusqu'au tumulte, quand, avec ce même mouchoir, il essuya son propre front.

– Vous êtes encore plus belle qu'on me l'avait annoncé, Angélique.

Une voix murmurait tout contre son oreille. Une voix l'appelait Angélique. Une voix la suppliait. Une voix calme, grave et ferme. Il y avait cette chaleur sur sa nuque et un peu de buée entre son cou et son épaule comme une respiration d'ange.

– Plus belle, Angélique, insistait la voix. Savez-vous que vous sentez le biscuit? Le biscuit poudré de sucre que l'on vient tout juste de retirer du four.

Le condamné avait trébuché en descendant et le bourreau était venu à son secours. L'homme qui allait mourir n'était plus qu'une grande poupée sans voix et sans mains que le bourreau soutenait pour monter les degrés de l'estrade.

– N'ayez pas peur, Angélique. Je suis avec vous.

Elle voulut se retourner vers celui qui parlait mais un mouvement de la foule l'en empêcha. Autour d'elle, on n'avait de regard que pour le bourreau et les femmes répétaient son nom avec dans la voix un mélange de crainte et d'admiration : Camille Laubreçay, Camille Laubreçay... Il est vrai qu'il portait à ravir sa veste rouge brodée sur la poitrine d'une potence noire et dans le dos d'une échelle d'or. Avec son glaive accroché au baudrier et ses longues jambes serrées dans une culotte bleue, il avait plus l'air d'un officier que d'un monsieur de Lyon. La jeunesse de son visage, l'élégance de ses gestes et une certaine ferveur dans son regard – oui, aussi surprenant que cela pût paraître, il s'agissait bien de ferveur – donnaient au cérémonial quelque chose d'un peu irréel. Sur cette même place, les anciens druides n'avaient-ils pas sacrifié des animaux, qui sait, peut-être des hommes?

On racontait que le jeune bourreau dissimulait sa véritable identité. Etait-il l'héritier d'une grande famille? Quelle infamie l'avait contraint à se vêtir de l'habit brodé au chiffre de la mort? On s'interrogeait. Il était évident que Camille Laubreçay ne ressemblait guère à ses prédécesseurs dont la fin brutale donnait encore plus de piquant au spectacle du jour. On craignait davantage pour le bourreau que pour la victime. Si le sort de ce dernier paraissait sans surprise, il n'en était pas de même pour Camille. Qu'adviendrait-il de lui? Les regards allaient du beau jeune homme aux yeux clairs à la vieille Nonante assise au premier rang. La tête appuyée sur sa canne, le regard fixé sur le bourreau, elle semblait être la grande ordonnatrice de festivités et son silence était plus éloquent que les chamades des jurés-trompettes.

A l'instant où l'aide du bourreau passa au cou du condamné les trois cordes réglementaires, les deux tortouses et le jet, Angélique sentit deux mains enserrer sa taille.

– Non, gémit-elle comme un enfant.

Une grosse femme se retourna et lança d'un air courroucé :

– Quand on n'a rien dans le ventre, on reste chez soi à faire de la broderie!

Angélique se tut et les mains se firent plus pressantes. Elles étaient incrustées dans sa chair et, sans à-coups d'une simple pression très régulière, elles emprisonnaient tout son corps. Une rafale de vent la glaça de la tête aux pieds et elle eut le sentiment que son être entier allait se rompre.

– Doucement, doucement, ma belle, murmura l'inconnu et Angélique comprit que les mains et la voix appartenaient au même homme. Doucement, je ne vous veux aucun mal. Sachez seulement qu'il est d'autres spectacles pour une petite fille que celui d'un pendu et d'une foule hébétée.

Elle ne disait plus : taisez-vous, laissez-moi. Elle craignait l'homme, elle craignait le vent froid, elle craignait surtout la grosse femme qui la surveillait du coin de l'œil. Et là-bas, l'aide du bourreau, un géant roux comme la flamme, montait à reculons l'échelle du gibet et attachait les tortouses au bras de la potence. Le condamné se laissait faire, le regard perdu à l'horizon. Alors pourquoi Angélique se serait-elle débattue? Deux mains, que sont deux mains enserrant la taille d'une jolie fille? Ni corde ni lien. Une chaleur envahissait son ventre, mais ses doigts demeuraient si glacés qu'elle dut les porter à sa bouche pour les réchauffer à petits coups de langue.

Le bourreau était passé derrière le condamné et, d'un geste doux comme une caresse, il avait vérifié les nœuds, puis il avait levé le bras droit. A son signe, la foule avait entonné le Salve Regina :

O clemens, o pia, o dulcis virgo Maria...

A l'amen, l'homme serait mort et le chant montait entre les quatre murs de la place vers le ciel blanc de novembre. Quelques voix crièrent : Grâce! Grâce! et l'on se retourna une dernière fois pour tenter d'apercevoir le cavalier qui apporterait le pardon royal. La Nonante n'avait pas bougé et elle était la seule à ne pas chanter le cantique. Du fond de ses guenilles noires, elle marmonna seulement :

– Il n'y a pas de brouillard, aujourd'hui.

Angélique se laissait bercer par ce chant dont elle ne connaissait pas la signification mais qui lui rappelait Saint-Martin-en-Haut et ses vieilles jupes de paysanne qui sentaient le rance et la bête malade.

O clemens, o pia...

Elle dodelinait de la tête et du corps, comme si toute sa volonté s'était anéantie, et l'homme, blotti contre sa nuque, lui faisait des promesses insensées qui brouillaient les anciennes prières :

– Avec moi, vous serez riche, Angélique. Et heureuse et enviée. Vous aurez la ville entière à vos genoux. L'hôtel de Mme de Grézieu est une cage. Envolez-vous, Angélique.

Mais l'âme du pendu s'envola bien avant que

la douce enfant n'eût répondu à son suborneur. Le grand rouquin avait à peine tiré sur le jet que le second aide donnait un bon coup de genou au condamné. Projeté dans le vide, le corps du malheureux fit un tour sur lui-même et les nœuds coulants l'étranglèrent bien proprement. La foule respecta le silence de l'homme bâillonné. Il y eut pourtant comme un souffle qui s'échappa au même moment de toutes ces bouches sous la forme de minuscules nuages de buée. On n'aurait su dire s'il s'agissait d'un soupir de compassion, ou bien si ces hommes et ces femmes transis de froid regrettaient que le spectacle tant attendu se fût achevé si vite. Il n'y avait eu ni lutte ni cri. Rien qu'une perfection glacée. Et l'on s'en allait déjà en évoquant les péripéties d'autrefois.

Maintenant, Angélique pouvait se retourner pour voir l'homme dont elle n'avait fait qu'entendre la voix. Il lui avait parlé comme on calme une bête rétive, il l'avait caressée comme on flatte un jeune poulain. Mais Angélique ignorait le dialogue du cavalier et de sa monture; à Saint-Martin-en-Haut, les garçons d'écurie ne faisaient pas tant d'histoires. L'intrus avait cessé de l'effrayer et, avant de lui donner un visage, elle murmura seulement : Mon Dieu! faites qu'il soit beau!

Il l'était. Du moins, parut-il tel aux yeux gourmands d'Angélique. Un petit nez bien droit, des lèvres minces, un menton un peu indécis et quelque chose d'exagérément recherché dans sa mise qui montrait à l'évidence son souci de paraître, tout cela séduisit la jeune fille. Cet homme était un monsieur. D'ailleurs, quand il s'était serré contre sa nuque et sa taille, en bonne servante qu'elle était, Angélique avait immédiatement reconnu l'odeur du linge séché sur prés, ainsi que la note plus aiguë de la citronnelle. Voilà un homme qui sait vivre, pensa-t-elle, et elle trouva au fond d'elle-même assez d'innocence pour rougir en le regardant.

– Permettez-moi de me présenter, dit-il. Je m'appelle Antoine de La Roche Corbon, pour vous servir, mademoiselle.

La révérence qu'il fit à la belle eût pu paraître déplacée, mais aux Terreaux la vie reprenait déjà ses droits et le pauvre pendu était bien seul dans le ciel de novembre. On avait jeté par terre les croûtes de fromage et les peaux de saucisson et, le pliant sous le bras, on allait boire un pot une dernière fois avant de rentrer chez soi. La Nonante avait rabattu ses guenilles noires sur son visage et un homme un peu plus effronté que les autres avait osé lui demander :

– Et celui-là, que va-t-il devenir?

– Vous ne voyez pas qu'il est mort, avait-elle répondu sans relever ses étoffes de devant ses yeux.

– Non, pas le pendu, le bourreau. Pour combien de temps en a-t-il? avait insisté le questionneur.

– Le bourreau? (La Nonante semblait rire mais on ne voyait pas sa bouche et ses guenilles étouffaient les sons.) Le bourreau, reprit-elle, pourquoi voulez-vous qu'il meure? Il est déjà une assez grande offense à Dieu comme cela!

Et elle s'en était allée de son petit pas glissé dans la direction de la Saône et de la montée du Gourguillon.

Quant à Angélique, elle était fort séduite par l'urbanité d'Antoine et ne voulant surtout pas être en reste, elle dit :

– Moi, je m'appelle...

– Je sais tout de vous, interrompit aussitôt Antoine.

– Mais, comment... balbutia-t-elle.

– Mon meilleur ami fréquente l'hôtel de Grézieu La Varenne et il m'a parlé de vous dans les termes les plus chaleureux.

Angélique ne voulut pas pousser l'indiscrétion jusqu'à demander le nom de cet ami. Antoine ne se conduisait-il pas en galant homme? Les privautés de tout à l'heure n'étaient plus de mise et, du bout de ses doigts gantés, il effleurait à peine le coude d'Angélique. L'assurance d'Antoine et ses belles manières impressionnaient tant la jeune fille qu'elle se sentait à présent tout à fait à l'aise parmi la foule. Pourtant, il ne serait pas dit qu'elle se rendrait sans résistance. Profitant de la bousculade, elle s'éloigna afin de lui bien prouver que la partie n'était pas encore gagnée. Le danger était mince; elle savait qu'il ne la perdrait pas de vue. Au reste, en trois enjambées, Antoine la rejoignit bientôt.

– Angélique, vous ne m'échapperez pas, dit-il en lui offrant son beau sourire.

Ses dents étaient les plus blanches du monde, toutefois un peu trop pointues, détail qui n'avait d'ailleurs guère d'importance pour Angélique qui attribuait déjà à son nouvel ami toutes sortes de mérites. Elle tremblait à l'idée de devoir le quitter. Mme de Grézieu La Varenne ne lui pardonnerait pas un retard. Le temps pressait et Antoine le sentait bien. Tantôt il parlait au cœur d'Angélique auquel il jurait un amour éternel, tantôt il parlait à son esprit qu'en homme d'expérience il avait jugé intéressé. Aussi faisait-il miroiter tous les avantages dont la jeune fille bénéficierait en sa compagnie. Quant aux sens d'Angélique, il les sentait bien éveillés et il eut la suprême adresse de ne pas effaroucher la belle. Il la laissa gentiment sur sa faim, lui promettant pour l'avenir mille félicités.

Angélique s'en alla donc rejoindre sa maîtresse, ne songeant qu'au jour béni où elle rendrait visite à Antoine rue de l'Arbre-Sec.

La marquise sortit à 5 heures. Elle était encore plus belle qu'à l'accoutumée et le spectacle des Terreaux avait rosi délicatement ses joues. Ajoutez à cela qu'elle portait une robe demi-deuil qui rehaussait la blancheur de son teint et vous comprendrez qu'Angélique pensa qu'elle avait bien de la chance de servir une telle maîtresse.

– Dieu qu'il est superbe! s'exclama Mme de Grézieu avec une ardeur qui pouvait surprendre de la part d'une femme blonde, et veuve de surcroît.

– Oui, madame, approuva à tout hasard Angélique encore perdue dans sa rêverie.

– Oui, madame! Oui, madame! répéta la marquise en imitant sa servante que, dans son for intérieur, elle jugeait assez sotte. N'as-tu pas vu ce visage, cette prestance? Et puis, cette autorité dans le moindre geste? Quelle belle personne!

La jeune fille blêmit. De la fenêtre de Saint-Pierre, la marquise avait-elle surpris son manège? Bien sûr qu'Antoine était superbe. Avec un visage, une prestance, une autorité! Si les exclamations de la marquise la remplissaient de gêne, il était évident qu'elle comprenait son enthousiasme. Mais Angélique Bouillotte était persuadée qu'un amour ne se fortifie qu'à l'ombre du secret et elle tremblait de voir le sien exposé au grand jour. Que de mots, que d'éclat, que d'allégresse! Angélique n'en demandait pas tant. Mme de Grézieu douterait-elle qu'à Saint-Martin-en-Haut on pût avoir quelque pudeur?

– Oui, madame, approuva pourtant la jeune fille qui prenait grand soin d'imposer silence à ses sentiments. Et je puis vous assurer, ajouta-t-elle, que si vous aviez eu le bonheur de l'approcher, vous n'en auriez été que plus émue.

– Je le crois sans peine, répondit la marquise heureuse malgré tout que sa servante ne fût pas si sotte qu'elle l'avait tout d'abord craint. Justement, Angélique, je suis bien résolue à le voir de plus près et, dès demain, tu iras de ma part lui porter une invitation.

– Si vite, madame?

– Le temps va vite, Angélique. Tu en parles à ton aise, toi qui n'a pas vingt ans. Tu ne sais pas encore quel péché il y a à laisser un jour s'échapper sans plaisir. Vite, oui je veux faire vite, Angélique. Qu'importent les reproches et les commérages! Laissons braire les ânes et amusons-nous. Ainsi, tout sera dans l'ordre des choses.

– Mais, madame, songez qu'il peut juger...

– Un bourreau ne juge pas, il tue.

– Un bourreau?

– Oui, un bourreau. Le mot te ferait-il peur?

– On non, madame. J'avais cru...

– Eh bien, demeure sotte et crois ce que tu veux! Un bourreau qui a le regard de celui que je viens de voir à l'œuvre vaut mieux que bon nombre de mes visiteurs avec qui, du reste, tu ne fais pas tant de façons. Je ne te demande pas de me comprendre mais de m'obéir. Demain, tu lui apporteras mon invitation.

– Volontiers, madame.

Le bourreau? Elle se souciait bien du bourreau, Angélique! Tout au bonheur de voir le danger s'éloigner d'Antoine, elle aurait pu porter mille messages à mille hommes plus terrifiants encore que le bourreau de Lyon et l'énormité de la nouvelle ne la troubla pas outre mesure. Les deux femmes montèrent dans leur voiture en silence. Les amours interdites ne se partagent pas.

Le lendemain, Angélique se rendit rue de l'Enfant-qui-pisse. La grosse Mme Filoche lui demanda aussitôt si elle venait pour acheter les onguents du bourreau et elle lui montra de petits flacons qui contenaient un liquide sirupeux et à peine teinté.

– Croyez-moi, c'est une merveille. Regardez comme je me porte, plus de rhumatismes! Allez, ma belle, votre maîtresse sera satisfaite. Ce que je lui vends là n'est pas un onguent miton mitaine, mais le véritable suc du bourreau, et dites bien à Mme la marquise que M. Camille connaît tous les secrets du corps.

Angélique eut bien du mal à convaincre Mme Filoche que sa maîtresse n'était pas souffrante. Du moins, son état exigeait-il une tout autre médecine.

– Vous avez tort, insista Mme Filoche. Enfin, on ne peut pas guérir les gens malgré eux! Montez au deuxième étage, M. Camille est chez lui; mais faites vite, il n'aime pas beaucoup les gêneurs.

Antonin vint lui ouvrir. Elle n'eut aucune peine à reconnaître le géant roux qui avait noué les cordes au cou du pendu avant de le précipiter dans la mort en tirant sur le jet. C'était étrange, Angélique, d'un naturel pourtant peu téméraire, n'était pas trop terrorisée en pénétrant dans l'antre du bourreau. Etait-ce parce qu'au souvenir de l'exécution se mêlait celui – ô combien plus délicieux – de sa rencontre avec Antoine? Angélique ne chercha pas à comprendre, elle sentit simplement que ses jambes la portaient sans défaillance.

– Attendez, je vous prie, je vais chercher mon maître, lui dit fort poliment Antonin.

Restée seule, Angélique s'approcha d'un petit guéridon où était posée à nu une superbe épée. Ainsi qu'un enfant qui touche tout ce qu'il voit, elle passa ses doigts très délicatement sur le tranchant de la lame.

– Gardez-vous bien de faire cela.

Angélique se retourna. Camille était entré dans la pièce sans qu'elle s'en aperçût.

– Ignorez-vous ce que l'on dit? Celui qui effleure l'épée du bourreau, lui appartiendra un jour ou l'autre, tôt ou tard.

Angélique stupéfaite regarda ses mains comme si elles allaient immédiatement se détacher de ses bras.

– Vous me faites peur, dit-elle, et elle se précipita vers la porte avec l'intention de fuir.

– Non, nous n'avez rien à craindre, mademoiselle. Ne suis-je pas le seul témoin? Croyez-moi, je serai aussi muet que mon épée, foi de bourreau!

Angélique tremblait comme un petit animal pris au piège et Camille tentait de la réconforter. Il parlait d'une voix douce et pourtant distante, on eût dit que même ses mots ne parvenaient pas à franchir le fossé qui s'était creusé entre lui et les autres du fait de sa fonction. Il était l'intouchable et le moindre frôlement de ses mains portait malheur. Aussi enfila-t-il des gants avant de tendre à Angélique un verre d'eau d'arquebuse.

– Buvez donc, mademoiselle, et je vous promets de ne jamais vous laisser m'appartenir.

Il aurait promis bien d'autres choses encore pour calmer la charmante enfant et Mme de Grézieu La Varenne ne sut jamais que seuls les pleurs de sa servante avaient convaincu Camille d'accepter son invitation.

Ce soir-là, la marquise n'avait convié à sa table que quelques intimes à qui elle avait pris soin d'annoncer la présence de Camille Laubreçay. En vraie dame, elle n'aimait agir qu'à sa guise sans pour cela blesser les sentiments de ceux qui lui étaient chers. Le comte de Trévoux fut le seul à refuser son invitation et la marquise ne lui en tint pas grief. Il passait le plus clair de son temps dans son laboratoire où depuis quinze années, il tenait au feu une poudre de projection avec laquelle il pensait être bientôt en mesure de transmuter n'importe quel métal en or pur. Chacun le considérait comme un des plus profonds rose-croix de son temps et respectait ses travaux. Il faut dire que l'amitié d'un tel homme flattait la marquise même si les secrets de la calcination du mercure ou de la cristallisation du fer restaient pour elle lettre morte. Avec son solide appétit et sa belle impatience, Mme de Grézieu ne croyait qu'aux réalités et elle préférait jouer ses épargnes à la Bourse plutôt que de consacrer ses jeunes années à la poursuite du grand œuvre. Cependant, elle aimait réunir dans son salon quelques espèces rares de l'humanité et le comte de Trévoux était un fort beau spécimen à qui elle était prête à pardonner bien des caprices.

Quand il refusa son invitation, « soit », dit-elle avec ce sourire de tendre commisération qu'elle avait à chaque nouvelle bizarrerie de son protégé. Qu'il lui conservât son amitié lui suffisait. Libre à lui de redouter une rencontre avec le bourreau. N'avait-il pas objecté que celle-ci pouvait mettre en péril le résultat de ses recherches? Que l'esprit de mort viendrait troubler son ascèse philosophale? Balivernes! La marquise se garda bien pourtant de confier à son ami que l'aspect maléfique de Camille n'était peut-être pas le moindre de ses charmes.

Les dames étaient décolletées comme elles se devaient de l'être à l'hôtel de Grézieu, c'est-à-dire bien plus qu'en aucun autre lieu, et la marquise donnait l'exemple. Quand elle se retournait vers un de ses valets pour lui signifier un ordre, elle laissait apparaître la pointe de ses seins. Ces petits boutons aussi pourpres et aussi charnus que l'orpin jaillissaient parmi les dentelles demi-deuil et on avait le sentiment que le veuvage de la marquise n'était qu'une coquetterie vestimentaire.

On servit un cervelas truffé de Barange sur des épinards, puis un carpeau à l'étuvée bien moelleux. Quand la marquise croisait le regard de Camille, elle faisait soudain mine de redouter l'indécence de sa robe et elle rajustait aussitôt ses étoffes sur sa poitrine. Mais ce geste, loin de masquer ses seins, ne faisait que rendre plus évidente leur beauté.

– Dites-moi, monsieur Laubreçay, comment devient-on bourreau? interrogea la marquise.,

– Dites-moi, madame de Grézieu, comment devient-on marquise? répliqua Camille en tempérant d'un sourire l'insolence de ses mots.

– Répondez-vous toujours à une question par une autre question, monsieur?

– Non, madame. Je le fais uniquement lorsque je me juge beaucoup moins intéressant que la personne qui a bien voulu me la poser.

L'habileté de la chute n'échappa pas à la marquise, qui, sans ce compliment de dernière minute, eût été dans l'obligation de rabrouer son convive. Aussi sourit-elle à Camille pour bien lui montrer qu'elle ne désirait pas le combattre, et, prenant ses hôtes à témoin :

– Moi, intéressante? dit-elle. Voyez-vous cela, monsieur de Lyon me juge intéressante! En quoi, grand Dieu?

– Vous avez la beauté, l'esprit et le nom. N'est-ce pas assez, madame?

Un valet tendait à Camille un plat en vermeil. Il se servit de ses mains gantées.

– Rien n'est jamais assez, répondit la marquise. Goûtez ce vin, il est le meilleur que vous puissiez boire. Croyez-vous qu'il va vous satisfaire? Loin d'étancher votre soif, il vous altérera encore un peu plus. Alors, vous en désirerez un autre, plus chaud, plus lourd, plus corsé, mais ce dernier ne vous apaisera pas davantage. Le plaisir est sans fin, monsieur Laubreçay, lui seul donne le sentiment de l'éternité. La beauté, l'esprit, le nom! Qu'est-ce que tout cela? Je connais tant de femmes dans cette ville qui possèdent ces trois choses et qui en meurent d'ennui.

– Et celles qui ne les possèdent pas meurent de faim, n'est-ce pas?

– Dieu, mais vous êtes moraliste, monsieur Laubreçay! Nul doute que vous ne vous plaisiez beaucoup dans notre ville, les prêcheurs y sont nombreux. Savez-vous que ce qu'ils me reprochent, ce n'est pas tant les plaisirs que je prends ou que je donne, que le fait de n'en rien cacher? Ne vous y trompez pas. Notre ville se moque de la morale! Ce qu'elle aime, c'est le secret. Faites ce que bon vous semble, et plus encore, mais gardez-vous bien de le faire savoir. Lyon est construite en trompe-l'œil sur des faux-semblants et des faux bruits, au point que j'en arrive parfois à me demander si elle existe vraiment.

On venait d'apporter de superbes volailles de Bresse, parfumées à l'estragon. La peau blanche et tendue, la croupe rebondie, large et odorante comme celle d'une odalisque, les chairs parfaitement bouillies, elles promettaient d'être à la fois tendres et fermes. Un vrai régal qu'accompagnait un somptueux chambertin.

– Qui préférez-vous exécuter, les hommes ou les femmes? demanda la marquise en respirant avec délice son verre de vin.

– Je n'aime tuer personne, madame.

– Qu'il doit être pénible de faire un travail qui ne plaît pas! Ce vin est un pur délice, ajouta-t-elle, et chacun acquiesça. (Puis, s'adressant de nouveau à Camille :) Si vous deviez m'exécuter, que choisiriez-vous : la roue, la potence, le bûcher...?

– Une personne de votre sang n'a pas le choix, elle devra mourir par le glaive.

– Le glaive? La chose sera facile, regardez, j'ai le cou très mince et Angélique est comme moi. Viens, approche de M. Laubreçay, Angélique. De quoi as-tu peur? Relève tes cheveux et ouvre ton col. Voyez comme elle est jolie. Je n'aurais jamais pu supporter une servante au gros cou. Montre, Angélique, montre ta nuque. Plairait-elle à votre glaive, monsieur de Lyon?

Ce n'était certes pas la première fois que Mme de Grézieu ordonnait à sa servante de dégrafer sa robe en l'honneur d'un invité. Mais aujourd'hui, l'invité était le bourreau de Lyon et Angélique n'aimait pas jouer avec la mort.

– Quelle sotte! s'exclama Mme de Grézieu. Elle a peur de vous!

Alors, se levant de table, la marquise vint elle-même relever les cheveux d'Angélique et dénuder ses jeunes seins. Enfin, elle la força à s'agenouiller devant Camille.

– Eh bien, monsieur, que dites-vous de cette

nuque? demanda-t-elle en regagnant sa place. Vous semble-t-elle faite pour le glaive?

– Ne dites pas cela, madame, il y a péché, sanglota Angélique, la tête dans ses mains.

Cette position faisait paraître son cou encore plus long et plus gracile. De très petites veines bleutées circulaient sous la blancheur de la peau et on eût parié que le sang serait prompt à jaillir.

Les convives avaient abandonné leurs assiettes pour jouir du spectacle. Le bourreau et sa victime! Cela valait bien un entremets. Ils approuvaient chaque mot, chaque geste de la marquise et, dans cette approbation, il n'y avait pas que le désir de lui être agréable. Ces hommes et ces femmes, gorgés de vin, de viandes et d'épices, étaient à l'affût de l'extraordinaire et, faute de guerre, faute de chasse, l'holocauste d'une jolie servante pouvait satisfaire leurs sens. Les imaginations s'exaltaient et le chambertin enfiévrait les têtes. On applaudissait. On cherchait l'épithète la plus rare pour qualifier le cou d'Angélique, tandis que les chairs refroidies et gélatineuses des volailles s'amolissaient dans leurs ossements.

De ses mains gantées, Camille avait relevé le visage d'Angélique et il s'était penché vers elle pour lui parler à l'oreille. S'il sut trouver les mots pour calmer la jeune fille, en revanche il déclencha les protestations des convives. On voulait entendre. On voulait savoir. On voulait ne rien laisser échapper du spectacle. Camille demeurait indifférent aux remarques des invités. Les lèvres serrées comme s'il cherchait à retenir son courroux, les paupières légèrement alourdies de fatigue, il ne prêtait attention qu'à Angélique. Ce qui ne manqua pas d'agacer la marquise.

– Je vous ai posé une question, monsieur, dit-elle en forçant Camille à la regarder.

Le bourreau pâlit. A l'évidence, il ne pouvait supporter le ton de Mme de Grézieu, et, loin de lui répondre, il se pencha de nouveau vers Angélique pour lui parler à l'oreille. La servante sourit et s'en vint poser son front sur la cuisse de Camille ainsi qu'un chien fidèle pendant le repas du maître.

– Nous autres femmes, nous aimons être obéies, affirma sèchement la marquise. Je crois vous avoir déjà demandé, monsieur, si cette nuque convenait à votre épée.

– Nous autres bourreaux, répliqua Camille, nous savons bien qu'il ne faut pas nous en tenir aux apparences. Il est des cous souples et minces comme l'ablette qui résistent même à la hache. Souvenez-vous, madame, de la reine Marie d'Ecosse.

– Elle aimait faire l'amour, et il est bien connu que cela raffermit les chairs. Pour ma part, je ne connais pas de meilleure jouvence. Mais on m'a dit, monsieur, que vous étiez fort savant dans l'art de la médecine, est-ce vrai?

– J'ai observé certains phénomènes, mais je ne prétends pas pour cela à la science.

– Et vos onguents? On assure qu'ils sont très efficaces.

– Si les acheteurs en sont contents, c'est donc qu'ils possèdent quelque vertu.

– Connaissez-vous aussi le secret de l'élixir de jeunesse?

– Madame, répondit Camille en regardant tour à tour chaque convive, je ne vois ici personne qui puisse en avoir besoin. Ce ne sont que regards brillants, dents splendides, corps allègres. S'il y a là quelque secret, nul doute que nous ne le partagions déjà.

La marquise rejeta la tête en arrière et elle eut un rire profond comme un soupir qui rosit sa poitrine et fit même paraître plus sombres et plus pointus ses mamelons. Elle ne riait pas de ce qu'elle venait d'entendre, simplement elle s'ouvrait au bien-être, à l'ivresse, à la chaleur. Sa beauté avait quelque chose de végétal.

– Mon grand ami, le comte de Trévoux, m'a bien promis de m'offrir un jour une eau de jouvence sortie de ses cornues, mais à dire vrai, je n'y crois pas beaucoup. Le seul onguent digne de confiance, n'est-il pas, monsieur le bourreau, celui dont mes amants sont prodigues?

Les hommes étouffèrent leurs rires dans les décolletés de leurs voisines et la marquise donna l'ordre aux valets de se retirer et à Angélique d'aller préparer le salon. La jeune fille quitta Camille comme à regret et Mme de Grézieu eut un léger froncement de sourcils pour rappeler à sa servante qu'elle devait en toute chose lui obéir promptement.

Les fronts luisaient de transpiration et les sorbets aux fruits n'étaient pas parvenus à chasser des bouches le goût fade de la satiété. On en avait fini des nourritures et on préférait à tous les breuvages la fraîcheur d'un baiser, mais, à chaque commissure de lèvres, les sauces avaient séché comme une laque brune. Après les desserts et avant les jeux de salon qui se poursuivraient fort tard dans la nuit, à l'heure déliquescente des nostalgies, des désirs et des écœurements, il était de tradition à l'hôtel de Grézieu d'évoquer Versailles et la Cour. Les noms prestigieux venaient aux lèvres avec les rots.

M. de Chapel prit alors la parole. De retour de la capitale, il tenait à honneur de partager avec tous les convives ces petits détails qu'ignorent le plus souvent les gazettes et qui font les délices des cercles provinciaux. Son visage portait les traces de la petite vérole, mais son regard très vif et très intelligent, sa mise élégante et ses manières délicates lui donnaient de la séduction. Il détestait les personnes du bel air et la marquise se flattait de ne le voir fréquenter l'hôtel de Grézieu que pour l'unique plaisir de la conversation. Ainsi n'est-il pas rare de constater que les femmes les plus coquettes peuvent se réjouir du peu de cas que l'on fait de leurs charmes. Leur esprit trop souvent méprisé au seul profit de leur corps en est alors agrandi et elles ont le loisir de savourer tout à leur aise ce nouveau plaisir, assurées qu'elles sont de ne pas voir porté ailleurs l'hommage qui leur est refusé.

On ne parlait à Versailles que du marquis d'Aymar ou de Belmar, qui se faisait appeler maintenant comte de Saint-Germain. Une eau de jouvence lui avait concilié la faveur de Mme de Pompadour. Cet homme séduisant, grand musicien, beau parleur et chimiste incomparable, avait eu l'habileté de persuader la marquise que sa potion magique ne lui rendrait pas sa première jeunesse mais qu'elle lui permettrait du moins de conserver sa beauté présente plusieurs siècles. Mme de Pompadour, convaincue que l'arcane de Saint-Germain accomplissait en elle des prodiges, recommanda le comte auprès de Sa Majesté. Depuis que Saint-Germain en avait fait un adepte de la chimie, le monarque semblait sortir de son ennui et il avait donné cent mille livres à son nouvel ami pour qu'il lui construise un laboratoire à Trianon.

M. de Chapel affirmait que Versailles était coupée en deux : d'une part, ceux qui célébraient les mérites de Saint-Germain par naïveté ou par calcul, d'autre part, ceux qui cherchaient à lui nuire en colportant ragots et insultes et qui, de toute évidence, ne lui pardonnaient pas d'être bien en cour.

– Dans quel camp vous rangez-vous? demanda Mme de Grézieu.

Chapel répondit que Saint-Germain, tout imposteur qu'il était, n'en possédait pas moins la plus belle figure et la plus vive intelligence qui se pussent rencontrer à Versailles et qu'il était assez remarquable qu'un homme qui avait assisté au Concile de Trente ne sentît ni le fagot ni le tombeau. Il ajouta enfin à l'adresse de Camille que Saint-Germain se disait l'élève de Paracelse.

– Alors pourquoi le maître ne fut-il pas immortel comme l'élève? interrogea un des convives.

Chapel ne détachait pas son regard de Camille. Le jeune bourreau sentait bien que cet homme avec ses belles manières et ses beaux discours cherchait à le séduire et, tout en faisant mine de l'écouter, il imaginait quelque stratagème qui lui permît de se retirer. Angélique seule pouvait l'aider dans cette entreprise. Aussi, quand chacun passa au salon, en profita-t-il pour glisser quelques mots à l'oreille de la jeune fille.

– Voyez-vous, continuait Chapel, je ne pardonne pas à Saint-Germain ses affirmations au sujet de Paracelse. N'ose-t-il pas prétendre que le fait que Paracelse ne fût ni homme ni femme l'empêcha de devenir immortel? De quel droit, je vous le demande, se permet-il de juger un être aussi rare que Paracelse, lui qui a l'impudence de s'afficher avec une chanteuse italienne, née en Egypte, et de la loger dans l'appartement même qui fut celui de l'illustre maréchal de Saxe? N'est-ce pas inconvenant?

La perruque de guingois et le front humide, on s'en allait parmi les coussins vers les derniers plaisirs et les sofas s'offraient aux soupirs des soupeurs. Soudain, Antonin fit irruption dans le salon où son arrivée troubla plus qu'on ne saurait le dire les ébats de la noble assistance.

– Qu'y a-t-il? interrogea la marquise en recollant d'un geste rageur la mouche qui avait fui son décolleté.

– Madame, dit le valet, les joues plus rouges que les cheveux, une voiture est devant la porte qui attend monsieur mon maître. On le demande à la prison et il lui faut faire vite.

– Ne te trouble pas, Antonin, répondit Camille. Je m'y rendrai dès que Madame voudra me le permettre.

La marquise courroucée par ce contretemps se frappait la poitrine en vain : la mouche ne voulait pas tenir.

– Je n'aime pas cela, répétait-elle sans regarder Camille. Dites-lui, monsieur de Chapel, que je n'aime pas cela.

– Croyez-vous, belle marquise, que je me réjouisse de perdre en un instant l'espoir d'être votre rival? Cet homme-là avait la chance de nous plaire également et, loin de s'en féliciter, ne voilà-t-il pas qu'il prend la fuite? Quelle absence de civilité!

La marquise eut un dernier geste de colère pour signifier à Camille qu'il pouvait bien aller au diable et elle ajouta, en guise d'au revoir :

– Monsieur, je n'aime pas que mes hôtes déçoivent mes espérances. Souvenez-vous-en.

Camille ne répondit pas mais, sur le seuil de la maison, il échangea avec Angélique un sourire de connivence.

3

L'HIVER EMPRISONNAIT LA VILLE...

L'hiver emprisonnait la ville. On n'allait plus aux Brotteaux le dimanche après-midi boire du vin frais et regarder les saltimbanques. Le moindre déplacement semblait une aventure. La Guillotière, de l'autre côté du Rhône, paraissait encore plus lointaine et miséreuse; quant à Fourvière, juchée sur sa colline, elle était l'inaccessible citadelle. La ville s'étrécissait entre ses deux fleuves. Née des coteaux de la Croix-Rousse, la presqu'île allait se perdre dans les marécages du confluent et, d'amont en aval, elle haletait au rythme de ses métiers à tisser.

On vivait dans la hantise de la famine. Le blé viendrait-il à manquer comme en 1709? Les vieux parlaient encore de cet hiver-là où, chaque matin, on empilait dans des tombereaux les morts de la nuit. Dieu merci, les choses allaient mieux depuis une bonne décennie et la camarde avait la faux un peu moins tranchante. N'importe, dans ce brouillard qui empêchait de voir sa propre main au bout de son bras, la salope de mort travaillait à l'aveuglette et personne n'était certain de revoir les premières jonquilles.

Les affaneurs avaient le verbe beaucoup moins arrogant en hiver; s'ils lançaient encore quelque juron, c'était seulement pour s'ouvrir la route dans le petit matin opaque. On avait pris l'habitude de jeter son nom au hasard quand on croisait un promeneur pour être certain de ne pas passer à côté d'un ami sans le voir. Tous ces fantômes semblaient sortir d'un de ces rêves où les êtres ont une identité sans pour cela posséder un corps.

Sur ce théâtre d'ombres, les voleurs faisaient florès. Il n'était plus nécessaire d'aller détrousser les voyageurs à la sortie de la ville. Dans chaque ruelle, le brouillard était un abri plus sûr que les forêts des alentours. Aussi, quand les archers pouvaient mettre la main sur un vide-gousset, la justice était-elle expéditive. Faute de pouvoir donner du pain à tous, on distribuait généreusement les condamnations.

Angélique Bouillote était allée plusieurs fois rejoindre Antoine de La Roche Corbon chez lui, rue de l'Arbre-Sec, et leurs étreintes tenaient les promesses de leur première rencontre. Antoine cherchait à convaincre la jeune fille de ne pas retourner chez la marquise. Il lui trouverait un logis où elle ne manquerait de rien, promettait-il en découvrant très haut ses belles dents un peu pointues. La belle enfant hésitait. Il est vrai qu'elle supportait mal de se soumettre aux fantaisies de Mme de Grézieu et les beaux messieurs profitaient sans vergogne de sa jeunesse. Angélique était-elle devenue ambitieuse? Les cadeaux des invités lui paraissaient désormais insuffisants. Trop souvent, on remerciait la marquise des douceurs prodiguées par la soubrette et, à ce jeu-là, Angélique était toujours perdante. D'ailleurs, ne dispensait-elle pas avec de plus en plus de parcimonie ce qu'elle n'aurait souhaité donner qu'à son amant? Consciente de ces réticences, la marquise haussait le ton, d'autant que les succès d'Angélique lui portaient ombrage. Elle voulait bien que sa servante excitât les désirs de ses convives, mais elle ne pouvait accepter qu'elle retînt leur intérêt. Ainsi gardait-elle le plus mauvais souvenir de la soirée à laquelle avait participé Camille. Angélique lui paierait ce désagrément.

Enfermées dans leurs quartiers d'hiver, les deux femmes commençaient à se haïr. Finies les confidences tricotées au point Pompadour ou au Poisson. La marquise ne renvoyait pas Angélique par crainte d'afficher sa jalousie. Angélique restait auprès de sa maîtresse par peur du froid, de la faim et de la solitude. Bien sûr, il y avait Antoine, mais autrefois, à Saint-Martin-en-Haut, elle avait dû certains hivers voler la nourriture des bêtes, et cela, Angélique ne l'avait pas oublié.

Camille ne s'habituait pas à la grisaille et au brouillard. Dans son pays, près de La Rochelle, même au plus sombre de l'hiver, il ne se passait guère de jour sans qu'une soudaine embellie ne vînt troubler les nuages. Ainsi, jamais le soleil ne semblait tout à fait étranger. A Lyon, on perdait jusqu'au souvenir de son existence. Il y avait des semaines entières sans le moindre rayon et les hommes devenaient maussades. Quand Antonin embouchait sa flûte, les notes paraissaient encore plus aiguës, comme un appel sacrilège.

Maintenant, dans la ville, tout le monde connaissait Camille. Les jeunes filles ne tournaient plus vers lui leurs visages fripons et personne ne lui faisait compliment de sa belle allure. En sa présence, le silence était de rigueur et le plus souvent on reculait d'un pas tant on le redoutait. Le toucher eût été se condamner au malheur. Chez le boulanger, son pain était posé à l'envers et bien en évidence afin que sa main ne souillât pas les autres miches.

Un très vieil usage l'autorisait à se payer en nature chez tous les marchands de la ville. Ses aides, armés d'une louche et les mains gantées, pouvaient prélever la part du bourreau dans chaque sac de blé ou de lentilles. Certains de ses prédécesseurs avaient fait fortune en prenant bien plus que leurs besoins n'exigeaient et en revendant le surplus. Camille, lui, se servait avec modération, sauf quand il avait affaire à quelque vieux pingre qu'il rançonnait sans merci, quitte à offrir ensuite son butin à un mendiant.

Depuis que ces messieurs de la Ville lui avaient jeté sous la table ses lettres patentes, Camille avait déjà plus d'un mort à son actif. Chaque fois les choses s'étaient déroulées avec une étonnante rapidité et sans que le condamné ait eu le temps de se débattre. Le geste était net, précis, et il se trouvait des spectateurs pour regretter les longs préambules de jadis. Quand le brouillard était de la partie, Camille en profitait pour glisser autour du cou de sa victime un très fin lacet avec lequel il l'étranglait sans que personne ne s'en aperçût, ainsi lui évitait-il une longue agonie. C'était à un cadavre que l'on brisait les membres. C'était un homme déjà mort que l'on précipitait dans le vide au bout d'une grosse corde.

Les bourgeois de la ville, les échevins et jusqu'au prévôt, chacun s'interrogeait sur cet étrange bourreau. Avec Antonin pour tout compagnon, il était venu de très loin effectuer cet affreux labeur. A quel curieux appel avait-il répondu? Seule la fatalité avait pu porter ce beau jeune homme, frêle et élégant, à accomplir les gestes atroces de la mort dans cette ville où la malédiction de la Nonante s'était abattue sans coup férir sur chaque bourreau en titre.

Oui, ces messieurs s'interrogeaient car ils n'étaient pas tout à fait sots, mais ils ne poussaient pas la malice jusqu'à vouloir vraiment percer le mystère. Camille, tout étonnant qu'il était, les avait tirés d'un mauvais pas et ce n'était pas à eux de s'en plaindre. La charge était occupée. Le travail s'effectuait bien, presque trop bien. Les exécutions n'étaient plus le prétexte à un grand déferlement de haine et de cris qui pouvait à chaque instant se transformer en émeute, qui sait même, en révolte. Comme fascinée par cette nouvelle liturgie, la foule en oubliait de porter ses regards vers les véritables protagonistes du drame qui se farcissaient tranquillement le nez de tabac dans leurs confortables fauteuils de l'hôtel de ville. Que demander de plus? Le bourreau était un bon jeune homme un peu secret, mais Lyon avait toujours idolâtré le mystère. On n'allait pas regretter que la mariée fût trop belle.

Quand M. Mathieu, greffier au tribunal, prit le Pont de Pierre au-dessus de la Saône pour se rendre à la prison, il faisait nuit et froid. Le petit homme frissonna de la tête aux pieds et il maudit de tout son cœur – qu'il avait sec comme le reste de sa personne – le satané bandit qui l'avait obligé à sortir de son lit de si bonne heure.

Une fois dans la rue Saint-Jean, il pensa même qu'on avait beaucoup trop d'égards pour les canailles. La sentence de mort ne leur était-elle pas déjà lue devant le tribunal? Pourquoi fallait-il qu'on leur en fît de nouveau lecture le matin de l'exécution et qu'on le dérangeât à cet effet? Vraiment, qui nettoierait la ville de toutes ces fripouilles sans faire tant de manières? Il avait le nez rouge, M. Mathieu, et la morve lui coulait des narines jusqu'à la bouche.

– Quel vent mauvais vous amène, mon bon monsieur? lui demanda une boutiquière de la rue Saint-Jean. Elle savait bien que la venue matinale du petit monsieur au nez rouge annonçait une exécution pour la journée mais elle espérait quelque renseignement plus précis qu'elle irait colporter aussitôt de maison en maison.

M. Mathieu se contenta de bougonner sans répondre à la question qui lui était posée, le froid favorisant plus les épanchements du nez que ceux du cœur. A la porte de la prison, le guichetier l'accueillit. Il portait un énorme trousseau de clés qui lui brinquebalait au côté avec un effroyable bruit de ferblanterie. Un long foulard de coton d'un blanc sale s'enroulait autour de sa tête et l'on n'aurait su dire s'il se protégeait du froid ou de l'insupportable tintamarre de ses clefs.

– Dépêchez-vous. Notre homme est éveillé et le bourreau est déjà là. Les choses ne vont pas traîner, annonça le guichetier aux bandelettes de coton.

– Si vous croyez que j'ai envie de perdre mon temps, marmonna, l'air maussade et reniflant, le petit M. Mathieu.

Le froid était encore plus pénétrant à l'intérieur de la prison. Les murs suintaient d'humidité et le crépi semblait suppurer comme une peau boutonneuse.

Celui qui allait mourir ne portait qu'un pantalon de toile et une veste de coutil et pourtant le froid ne semblait pas l'atteindre. Il devait avoir une vingtaine d'années et ses grands yeux noirs bordés de longs cils de fille n'exprimèrent que la plus profonde indifférence quand le guichetier et M. Mathieu vinrent le chercher. Il se leva avant même qu'on lui en intimât l'ordre et il jeta ce simple adieu à l'adresse de ses quatre compagnons de cachot :

– Rendez-vous de l'autre côté, mais surtout, ne vous dépêchez pas. Pour vous, rien ne presse.

Les quatre prisonniers ne trouvèrent pas un mot à répondre tant le départ de leur ami les glaçait d'horreur. Le condamné était debout, grand, mince, la peau brune et ensoleillée comme un défi à l'hiver et aux murailles de la prison.

– Allez, allez, grommela le guichetier en agitant son trousseau afin de se donner une contenance.

– Mais, je vous suis, et bientôt même, je vous précéderai, répondit l'homme brun dont la belle bouche aux lèvres pleines esquissa un sourire.

Il s'appelait Vincent Gianni. Son grand-père originaire de Gênes avait dû fuir sa ville natale après une épouvantable épidémie de choléra qui n'avait laissé que des morts dans les rues.

Le bonhomme s'était installé à Lyon où était né son fils, et plus tard, Vincent, le fils de son fils. Un jeune prêtre, l'abbé Crépu, avait été séduit par l'intelligence et la beauté de l'enfant, et il lui avait appris à lire et à écrire. Vincent avait dévoré la bibliothèque de l'abbé tout en aidant son père dans son atelier de savetier. Et puis, ainsi qu'un témoin l'avait dit au moment du procès, tous ces livres qui ne sont pas faits pour les enfants de la populace lui avaient tourné la tête. A quinze ans, il ne croyait plus en rien. Avec une bande de gamins de son âge, l'élève de l'abbé Crépu se mit à dévaliser les églises. Grâce à ses soins, le tronc des pauvres allait aux pauvres sans l'intervention de la gent cléricale. On plaça un archer devant chaque statue de saint. Vincent et ses acolytes durent abandonner les églises pour se réfugier dans les forêts de la région lyonnaise. Il vola, rançonna, pilla avec la même frénésie qu'il avait mise autrefois à lire et à apprendre. Sa fièvre vengeresse le poussa-t-elle à tuer? Il jurait que non, mais il méprisait les serments. Ses juges ne se laissèrent pas convaincre. Il irait au supplice vêtu de la chemise rouge des assassins.

Dans la chapelle de la prison, la moisissure grignotait lentement les murailles et l'encens ne parvenait pas à dissiper l'odeur croupissante de l'humidité. Vincent Gianni, les poignets et les chevilles liés, aurait bien voulu mourir là, dans ce lieu qui sentait déjà si fort le tombeau. Pourquoi ses bourreaux lui imposaient-ils la promenade dans la ville et le cérémonial des Terreaux? Il aurait été si facile de fermer les yeux au milieu d'une antienne, d'un verset ou d'un répons. L'abbé Crépu ne serait-il pas heureux que son élève mourût dans une de ces églises qu'il avait tant aimé profaner? Mais le repos éternel ne se gagne pas facilement. Le repos éternel? Il s'en moquait bien, Vincent Gianni. Dieu ne l'attendait pas au détour d'une prière. Vincent désirait l'oubli, seulement l'oubli. Qu'on lui donnât l'oubli.

A deux reprises, le chapelain chanta le Tantum ergo sacramentum et, au Genitori, l'encens chassa les derniers relents de moisi. C'en était fait. La bénédiction s'abattit sur Vincent qui ne fut pas en mesure de la refuser. Il n'avait jamais su pourquoi il vivait. Il ne comprenait pas davantage pourquoi il allait mourir. La misère n'existait plus, ni le froid ni la honte. Effacés, les crimes. Disparus, les juges. Il n'y avait que le néant vers lequel il se dirigeait à petits sauts, les deux jambes entravées.

Pourtant, tout n'était pas fini. On enferma Vincent dans une pièce où la lumière ne filtrait que par un étroit soupirail. Le condamné s'assit sur le sol de terre battue. A peine eut-il remarqué que la porte du cachot n'était pas percée comme toutes les autres d'un guichet que Camille fit son entrée.

– Ferme à double tour, Antonin, ordonna le bourreau.

Immédiatement, le clé joua dans la serrure.

– Va m'attendre au bout du couloir, poursuivit le bourreau. Et, comme d'habitude, veille à ce que personne ne vienne nous déranger.

– Bien sûr, maître, répondit la voix derrière la porte, et Vincent put entendre le pas de celui qui s'éloignait.

– Je t'apporte ta chemise rouge, dit Camille à Vincent (et il ajouta :) Tu ne dois pas avoir honte, regarde comme elle est belle. Le rouge est la couleur des rois.

Vincent n'avait pas bougé et la demi-obscurité lui dessinait un visage tout en angles. Camille s'agenouilla près de lui, et, après avoir posé par terre la chemise écarlate, il en caressa l'étoffe du plat de la main. Puis, très lentement, il déboutonna sa propre chemise et l'enleva. Une bandelette blanche emprisonnait son torse et on eût pu croire qu'elle cachait une blessure. Vincent avait tenté de s'appuyer sur ses coudes pour mieux regarder son bourreau dont les gestes lui paraissaient étranges, mais ses poignets liés l'empêchaient de se maintenir dans cette attitude.

– Laisse-moi faire, dit Camille. Je vais t'aider.

Il tira Vincent par les épaules jusqu'à la muraille contre laquelle il lui appuya le buste et la tête, et, s'agenouillant de nouveau, il se mit à défaire la bandelette enroulée autour de sa propre poitrine. Le bruit d'une voiture sur le pavé de la rue des Fouettés fit tressaillir Vincent.

– Ce n'est rien, dit Camille. Personne ne viendra avant que je n'en donne l'ordre.

Mais Vincent n'entendait plus le bruit des

roues et le cachot même perdait sa réalité. La mort arrivait-elle comme une fièvre? L'angoisse lui montait à la tête au point de l'entraîner dans son vertige. Il avait l'impression que ce monde qu'il allait quitter se retournait devant lui comme un gant. Sous la bandelette du bourreau, deux seins jeunes apparaissaient dont les bouts étaient très pâles; mais, débarrassés de la pression des étoffes, peu à peu ils reprenaient leur forme et le sang venait de nouveau les irriguer. Jamais le bon abbé Crépu n'avait évoqué devant Vincent cette sorte de miracle.

Les deux globes étaient devenus tout roses et le prisonnier sans mains regardait fasciné la chair douce et ferme de cette poitrine soudain démasquée. Puis la perruque du bourreau glissa à terre et une longue chevelure blonde à peine ondulée se répandit sur les belles épaules éclairées par la seule lumière du soupirail. Le temps s'était arrêté. La rue n'était plus que silence et la prison semblait avoir été désertée. Les respirations de Vincent et de Camille obsédaient les murailles. Le bourreau n'était plus le bourreau et le condamné qui ne croyait plus en rien retenait ses mots afin de ne pas rompre les sortilèges.

Un sourire s'était immobilisé sur les lèvres de Camille et ses gestes étaient lents, comme inéluctables. Elle reprenait sa vraie forme avec plaisir, mais aussi avec une espèce de recueillement. Pas à pas, elle traversait les apparences. Le chemin lui était connu.

Elle saisit le poignard qui était glissé dans sa ceinture, et, avec la lame, elle déchira la chemise de Vincent qui n'aurait pu être ôtée d'une autre manière puisque les poignets du jeune homme étaient soigneusement liés derrière son dos. Camille posa sa tête sur la poitrine nue de Vincent et elle dit sans le regarder :

– Tu ne dois pas avoir peur. Je suis là pour t'éviter de souffrir.

Il voulut parler mais aucun son ne sortit de sa bouche.

– Je sais, dit-elle. Je sais que tout cela est bien difficile à comprendre. Tu es le seul à savoir que je suis une femme. Toi, et bien sûr mon fidèle Antonin.

Vincent Gianni regardait cette femme qui était son bourreau, cette femme qui était sa dernière femme. Elle avait relevé vers lui son visage et ses deux grands yeux avaient la teinte des forêts qu'avec ses compagnons il avait parcourues en tous sens sur les chevaux ailés de sa folie. Quand ils arrivaient à l'étape, Vincent sautait de sa monture et se couchait dans l'herbe, la poitrine haletante, le front gris de poussière et de transpiration. Ce n'était pas tant l'or qu'ils avaient dérobé qui le faisait rêver que le souvenir des femmes qu'il n'avait pas possédées. Bientôt il serait riche et les belles dames, parfumées comme des églises, lui ouvriraient leurs bras, tous leurs bras. Jusqu'à la voûte du ciel, la forêt tremblerait de leurs étreintes et les brindilles sèches s'enfonceraient dans la chair pâle des belles dames sans mépris et sans dentelles. Le soleil filtrait à travers les hautes futaies et attisait dans son corps l'incendie que la course avait fait naître. Les insectes crépitaient dans le sous-bois et les branchages se cassaient avec un bruit sec au moindre de ses gestes. Il était un roi pantelant qui aimait les femmes et la forêt.

Mais aujourd'hui, il allait tout perdre et déjà il n'avait plus ni bras ni jambes. Il n'était qu'un déchet humain ficelé comme un rôti. Et ses mains, ses grandes mains brunes faites pour prendre, pour saisir, pour arracher, ne pouvaient même plus se tendre vers cette gorge dont il sentait le poids tout contre sa poitrine. La bouche de Camille effleurait ses lèvres, une bouche chaude qui respirait un peu vite mais régulièrement; les jeunes chiens entraînés à la course ont cette cadence régulière. La bouche de Camille cherchait la sienne et leurs deux souffles se mêlaient. Vincent ne pouvait ni parler ni se défendre. Ses mains s'alourdissaient dans son dos comme un fardeau inutile. Lui qui avait compté chaque minute, lui qui avait enduré à n'en plus finir l'attente de la mort, lui qui avait cru que les prières dans la chapelle endormiraient à jamais ses sens, il était de nouveau vivant. Son ventre brûlait et la muraille collait à ses épaules ainsi qu'une chair en sueur.

Il avait pensé atteindre l'oubli et l'indifférence, toutes choses accomplies. Il aurait alors suffi d'un seul battement de paupières pour qu'il ouvrît de grands yeux sans pupille, de grands yeux blancs de mort. Et voilà que Camille soufflait en lui une chaleur insoutenable. Il la maudissait en silence mais ses lèvres allaient au-devant de ce baiser qui s'éternisait.

Camille avait entièrement déshabillé Vincent comme une mère met à nu son enfant et, à présent, ses mains parcouraient le corps du jeune homme qui se laissait faire. Autrefois, il avait su tenir tête à ses juges et leur sentence en avait été d'autant plus sévère; mais, depuis l'arrivée de son bourreau, il lui semblait qu'il n'avait plus de volonté. Si le goût de la mort asséchait encore sa gorge, un formidable élan de vie chassait son angoisse. La vie. La mort. Ces mots-là avaient-ils jamais eu un sens? Un frisson le parcourut de part en part et il n'aurait su dire s'il était d'horreur ou de plaisir, de froid ou de désir.

Camille ôta ses vêtements. Sous la blancheur de la peau, ses muscles étaient solides et la rondeur de ses formes excluait toute mollesse. Sans rien dire, elle vint s'allonger contre Vincent. Il allait mourir et elle l'aimait. Il n'avait plus de bras et elle lui faisait don des siens. Elle l'enlaçait. Elle le caressait. Elle aurait pu le bercer des jours et des nuits et chantonner vaguement entre deux baisers. Elle aurait pu lui raconter la mer qu'il n'avait jamais connue et le cri des mouettes et les grandes marées.

Il était si beau, Vincent. Son corps n'avait ni l'odeur des prisons ni celle de la honte. Ces derniers jours avaient glissé sur sa peau qui avait gardé le goût sauvage de la liberté et de la révolte. Dans ses grands yeux noirs, elle lisait par instants comme une interrogation à laquelle elle n'avait envie de répondre qu'en le serrant encore plus fort contre elle. Elle l'aimait parce qu'il allait mourir. Et même s'il avait été laid et vieux, même s'il avait été mille fois plus coupable, même s'il n'avait pas été Vincent Gianni au torse brun et musclé, aux cils de fille, elle l'aurait aimé. Toutes ses victimes étaient ses amants; leurs corps lui appartenaient. N'était-ce pas la loi? N'était-il pas dit que les dépouilles des condamnés reviennent au bourreau sauf si les familles les réclament? La plupart du temps, les proches de la victime ne se manifestaient pas tant ils craignaient que l'opprobre ne rejaillît sur eux et les pauvres corps suppliciés devenaient les trophées des exécuteurs.

– Pourquoi? demanda enfin Vincent comme s'il faisait un dernier effort pour se soustraire aux embrassements de Camille. Pourquoi fais-tu cela?

– Le confesseur donne à ton âme le repos. Moi, je le donne à ton corps.

– Et tu livres ton secret à tous ceux qui vont mourir?

– A tous.

– Il te faut tuer pour aimer?

– Je n'ai aimé qu'une fois, Vincent, et cet homme-là est mort comme toi sur l'échafaud, mais il est mort seul. On m'a interdit de le revoir. Je n'étais pas bourreau à l'époque, j'étais seulement une jeune femme qui aimait, une simple jeune femme. Depuis, je ne supporte pas l'idée qu'un homme puisse mourir seul.

– Alors tu trompes celui que tu as aimé avec toutes tes victimes?

– Non, je ne le trompe qu'avec lui-même.

– Mais ouvre les yeux. Je suis Gianni, Vincent Gianni, se mit-il à hurler en rampant sur le sol pour échapper à l'étreinte de Camille. Vincent Gianni! un pauvre miséreux, un pauvre sans foi, un pauvre pendu! Je suis Vincent Gianni et tu ne m'as pas encore tué!

Au loin, on entendit la flûte d'Antonin dont la mélodie semblait chercher une issue à travers les couloirs.

– Si tu continues à crier, je vais devoir te mettre le bâillon, répondit seulement Camille.

Laurent avait dû se débattre lui aussi, et hurler du fond de son cachot à La Rochelle. Sans doute avait-il crié le nom de Camille. Personne ne lui avait répondu et, son innocence, il l'avait clamée en vain, les murs de la prison n'en gardaient pas le souvenir. Il était mort un soir d'été à l'heure de la marée haute, à l'heure où les pêcheurs jettent sur le quai leurs filets pleins de sardines argentées.

Vincent, Laurent. Jusqu'à leurs prénoms qui se ressemblaient. Quant à leurs yeux, leurs peaux, leurs chaleurs, leurs corps, ils se confondaient dans le regard de Camille. Elle n'était plus le bourreau, il n'était plus la victime. Ils étaient un homme et une femme réunis dans un lit, sur une plage, au creux d'une forêt. Il y avait le frottement de leurs ventres l'un contre l'autre, la chaleur humide de leur désir.

Le jeune homme ne songeait plus à se défendre. Il aimait pour la dernière fois et, à force de se tendre vers Camille, son corps était devenu dur comme une pierre. Le sang qui s'était retiré de ses mains et de ses pieds liés, refluait à présent au centre de lui-même en une grande houle sombre. Il se laissait faire comme un enfant. Il était un enfant. Elle faisait les gestes, elle le caressait, elle le prenait, elle l'emportait, tandis que d'innombrables rafales essoufflées les secouaient tous deux. Peut-être était-ce là l'éternité à propos de laquelle l'abbé Crépu, le chapelain de la prison, et tous les confesseurs de la ville faisaient tant d'histoires. Voilà que l'éternité était un monastique cachot de pierre ou s'aimaient, chose étrange, une femme-bourreau et sa victime.

L'éternité, la flûte d'Antonin vint la rompre de quelques notes aiguës et Camille comprit aussitôt le signal.

– Ils vont venir nous chercher, dit-elle simplement. Veux-tu quelques gorgées d'alcool?

Vincent ne répondit pas. Camille s'était levée et il la regardait enrouler la bandelette blanche autour de sa poitrine pour dissimuler ses seins, puis relever sa longue chevelure avant de la cacher sous la perruque. Ses gestes étaient précis, rapides. Aucune hésitation. Elle enfilait à présent sa veste rouge brodée de la potence noire. S'il n'y avait eu la roseur de ses joues et la douceur de sa voix dès qu'elle s'adressait à lui, Vincent aurait pu croire que leur étreinte n'avait été qu'un rêve d'agonisant.

– Veux-tu boire? interrogea-t-elle de nouveau.

Il fit signe que non. D'autres avaient supplié, menacé, et elle avait étouffé leurs plaintes sous le bâillon. Vincent Gianni, lui, semblait presque heureux. Quand elle lui passa la chemise rouge des assassins qui était en fait une sorte de cape sans manches que l'on pouvait boutonner sans ôter les liens du condamné, il lui demanda encore un baiser. Camille s'agenouilla pour le lui donner, puis, sur les belles lèvres humides de Vincent, elle fit glisser le bâillon. Il ne lui avait pas demandé de fuir ou de faciliter son évasion. Il n'avait demandé qu'un baiser.

4

PLUS RIEN N'ALLAIT ENTRE LA MARQUISE ET ANGÉLIQUE...

Plus rien n'allait entre la marquise et Angélique. Mme de Grézieu avait des bouffées de jalousie qui lui brouillaient le teint et jusqu'au blanc de l'œil. Non qu'elle fût amoureuse – elle n'aimait que son plaisir – mais elle ne pouvait supporter que ses admirateurs pussent détourner au profit de sa servante un seul des compliments qui lui étaient dus.

Pourquoi avait-elle donc pris le risque d'engager à son service une trop jolie fille, aurait-on pu lui demander? Emportée par la fureur de séduire tout ce qui respire, la marquise n'aurait probablement pas su répondre. En fait, la chose était fort simple. La demoiselle Bouillotte n'était qu'une fillette assez malpropre et rebutante quand elle avait fait son entrée à l'hôtel de Grézieu. La marquise avait alors eu le mérite de deviner, sous l'aspect rustique de l'enfant, un corps et un esprit joliment tournés, et elle avait aussitôt décidé d'en tirer parti. Son salon n'avait-il pas besoin d'un nouvel ornement? Cette potiche serait du plus bel effet. La jeune fille lui devant tout ne serait que soumission et ses allures de paysanne rehausseraient encore la beauté rayonnante et policée de la marquise.

A l'époque, Mme de Grézieu eût bien ri si on l'avait mise en garde contre sa protégée. Quoi! une orpheline de Saint-Martin-en-Haut qui sentait l'étable et la famine pourrait un jour rivaliser avec l'héritière d'un nom vieux de plus de quatre siècles! Eh bien! l'orpheline à la dégaine maigrelette était sortie de sa chrysalide. Son nez retroussé, sa petite bouche entrouverte sur une moue enfantine, sa taille de jonc et ses reins à la cambrure insolente, tout cela faisait merveille. Il ne fallut que quelques mois de séjour à l'hôtel de Grézieu pour que l'ingénue mît dans son regard un rien de coquetterie et pour que sa démarche se déliât. Elle virevoltait comme une ballerine, elle souriait à ravir et, si elle n'avait pas encore l'usage du monde, ses bévues charmaient les beaux messieurs bien plus que les propos convenus des vraies dames.

La marquise ressentit les premiers symptômes de cet étrange mal que l'on nomme jalousie le soir où Camille fut son invité. Angélique qui aurait dû favoriser le doux conciliabule de la marquise et du jeune bourreau avait très mal joué son rôle. Mme de Grézieu la sentait réticente. Le jeune homme, qui paraissait s'intéresser bien plus à la servante qu'à la maîtresse, en avait profité pour fuir l'hôtel à l'instant même où les choses promettaient de devenir passionnantes et la marquise n'avait pas manqué de surprendre un regard de complicité entre Angélique et Camille. Que la soubrette captivât l'attention de son hôte blessait déjà assez sa vanité, mais qu'elle osât pousser son avantage jusqu'à l'impertinence, voilà qui dépassait les bornes!

Ne voulant pas rester sur un échec, quelques semaines plus tard, la marquise chargea Angélique de porter à Camille une nouvelle invitation. Une invitation? Il s'agissait bien plutôt d'une injonction, tant la jalousie pousse à faire exactement ce qu'il ne faut pas. Camille reçut Angélique avec plaisir et sa voix fut douce comme à l'accoutumée. Mais à l'ordre de la marquise, le bourreau refusa d'obtempérer. La jeune fille tremblait en rapportant ce refus à sa maîtresse et elle eut beau lui expliquer les raisons de Camille – sa présence à l'hôtel de Grézieu compromettrait la marquise et il la respectait trop pour lui faire courir ce risque... –, la marquise imputa cette autre défaite à la maladresse de sa servante.

N'eût été la crainte de se retrouver pauvresse comme devant, Angélique aurait volontiers envoyé au diable la patronne, les beaux messieurs et toute la maisonnée, d'autant qu'il lui fallait user de subterfuges souvent compliqués pour se soustraire à la surveillance de Mme de Grézieu et courir rejoindre Antoine. Mais voilà, dehors c'était l'hiver et qui n'a pas connu les interminables hivers de Lyon ignore tout du froid et de la misère. Dès novembre, le brouillard entrait dans la ville, comblant le vide des rues et des places, voilant les collines, feutrant les bruits et emprisonnant chaque être dans un long face à face avec lui-même. A l'approche de midi, la nuit se dissipait enfin et une lumière diffuse esquissait les contours indécis de ce monde oublié. Sur le bronze des statues perlait une sueur froide et les tilleuls de la place Bellecour semblaient figés dans un clair-obscur éternel. Bientôt, le brouillard épaississait de nouveau et, le long des vieilles façades sombres, il montait comme du blanc d'œuf battu. Une nuit blafarde et vaporeuse rendait aveugles toutes les ruelles. Malheur à celui qui n'avait pas de logis. Malheur à celui qui n'avait pas de feu. Malheur aux pauvres. Transis jusqu'aux os, ils faisaient la queue devant l'Hôtel-Dieu ou la Charité pour une soupe au lard qui sentirait le rance.

Angélique était trop avisée pour courir le risque de la misère. Elle taisait sa révolte et souriait aux affronts. Pourtant il y eut la goutte d'eau qui fit déborder son joli petit vase. La marquise s'était mis dans la tête de choisir un arbitre qui aurait à décider qui de la servante ou de la maîtresse possédait les plus beaux seins. M. de Chapel fut désigné à cet effet, distinction qui eût pu paraître quelque peu bizarre puisque M. de Chapel affichait la plus grande indifférence à l'égard des femmes. Mais, la marquise, arguant qu'on ne saurait être dans ce domaine à la fois juge et partie, faisait grand cas de l'opinion de son ami et la difficulté de l'entreprise n'était pas pour lui déplaire.

Donc, M. de Chapel fut convoqué pour prononcer sa sentence. Angélique dut enlever ses tabliers, déboutonner sa robe jusqu'à la taille, faire glisser son dessous de robe, puis sa chemise. Elle n'en finissait pas de se dépouiller de toutes ses étoffes. En bonne pauvresse effrayée par les rigueurs de l'hiver, elle n'avait pas encore perdu l'habitude de se protéger comme un oignon sous ses nombreuses pelures. Pour la marquise, la mise à nu fut plus rapide. Son corsage ne couvrait que l'extrême pointe de ses seins, et, dévêtue, elle était beaucoup moins indécente qu'habillée.

M. de Chapel, la bouche un peu lasse, les yeux plissés comme un marchand de tableaux circonspect, considérait les seins de l'une, les seins de l'autre... La marquise se rengorgeait comme une pigeonne et offrait des globes ronds et charnus qui n'avaient pas trop souffert de la pesanteur. La servante quant à elle arborait un buste de petite statue exotique avec des mamelons durs et haut perchés dont le relief était encore accentué par la minceur de la taille et la cambrure des reins. M. de Chapel hésitait entre les seins ailés et les seins lourds. Il voulut se tirer de ce mauvais pas par des compliments destinés aux deux femmes et qui, ainsi, lui éviteraient de trancher.

– C'est affaire de goût, risqua-t-il.

Mais la marquise déjà offensée par la lenteur de la décision insista pour que le jugement ne laissât aucune place au doute. M. de Chapel se gratta la perruque d'un air embarrassé, puis il dit enfin :

– Eh bien, non! A l'impossible nul n'est tenu. Je vous répète que c'est affaire de goût et, pour ma part, je n'aime guère ces oiseaux-là.

Furieuse, la marquise congédia son ami, remit en place son corsage et ses appas et décida sur-le-champ qu'Angélique ne paraîtrait plus au salon. Elle apprendrait aux cuisines un peu de cette modestie qui lui faisait par trop défaut.

L'hiver touchait à sa fin et peu à peu Lyon soulevait son couvercle de brouillard. Les yeux, qui semblaient avoir perdu leur acuité dans la monotonie vaporeuse des jours sans horizon, redécouvraient avec surprise les paysages de la ville. Pour ces dormeurs au long cours, chaque chose prenait un relief saisissant et presque agressif. Comme une nouvelle cité d'Is, Lyon émergeait des brumes avec les lignes verticales de ses collines et de ses maisons étroites et hautes. Trop longtemps emprisonnés au ras du sol, les Lyonnais regardaient s'éloigner d'eux un ciel qui avait enfin cessé de leur tomber sur la tête.

Le printemps n'était pas loin. La peur du froid et de la misère se faisait moins oppressante. Antoine comprit qu'avec la venue des beaux jours il persuaderait plus facilement Angélique d'abandonner l'hôtel de Grézieu La Varenne, d'autant que les cuisines avaient bien peu d'attraits pour la jeune fille. Un après-midi, sous prétexte d'aller à confesse, elle courut rejoindre son amant. Elle portait une vieille robe sombre, ses cheveux étaient en désordre et ses joues pâles. Antoine la fit se regarder dans un miroir. Elle crut revoir la paysanne de Saint-Martin-en-Haut et ses dernières résistances tombèrent. C'était décidé, elle quitterait la marquise et sa maisonnée.

– Voici venir les temps, Angélique, où toute chose vous sera donnée par mes soins, où tout ce que vous avez souhaité vous sera prodigué. La pauvre orpheline est morte. A sa place, je ferai naître une grande dame convoitée de tous.

– Ô, mon ami, je ne sais quelle reconnaissance...

– Point de remerciements, Angélique, vous méritez bien plus que tous les dons que je vous ferai.

– Votre famille ne contrariera-t-elle pas notre amour? Un mariage...

– Ma douce amie, pensons à notre bonheur et oublions tous les fâcheux.

Le séducteur eut le bon goût d'ajouter un peu de romanesque à l'aventure. Il enlèverait Angélique comme une vraie demoiselle. Rendez-vous fut pris et la belle s'en retourna à l'hôtel de Grézieu rassembler ses hardes dans un drap qu'elle noua aux quatre coins. A la tombée du jour, un cavalier siffla trois fois une note aiguë et trois fois une note plus grave. Aussitôt, Angélique se précipita dans la rue par une petite porte utilisée par les livreurs; elle tenait tout contre son ventre son minable petit baluchon et son cœur battait à se rompre. Mais sa panique cessa comme par miracle dès qu'Antoine, le bel Antoine aux dents blanches et pointues, les souleva de terre, elle et son baluchon, et les installa en travers du cheval et au creux de ses bras. Par de petites ruelles, ils allèrent au pas jusqu'à la Saône. Angélique cachait son visage sous son châle dès qu'ils croisaient une ombre, elle avait ainsi l'impression de courir un grand danger et Antoine était son sauveur.

– Où allons-nous? demanda-t-elle quand elle vit entre les barques des blanchisseuses briller la Saône sous la lune.

Dieu qu'il était bon d'être aimée, et petite, et craintive. Dieu qu'Antoine avait le torse vigoureux et parfumé comme un bonbon à la bergamote. Dieu que la nuit était belle, la lune pleine, la Saône douce comme une jeune fille, comme Angélique. Dieu quel bonheur c'était d'être enlevée, capturée, soumise, réduite à merci. La fraîcheur du vent dans ses cheveux, dans ses narines, contre son palais comme une feuille de menthe. Le pas du cheval qui faisait trembler la nuit. Antoine tenait les rênes d'une main, et, de l'autre, il caressait l'échine de sa captive.

– Nous allons remonter la rivière et sortir de Lyon, répondit-il en éparpillant de petits baisers dans la chevelure d'Angélique. Je veux que vous soyez en sécurité.

– Le danger est-il grand, mon ami?

– Mme de Grézieu préviendra sans doute l'officier de police et les archers vont bientôt partir à votre recherche à travers la ville.

– Ne m'abandonnez pas, murmura Angélique en se blottissant contre la poitrine d'Antoine.

– Tout doux, tout doux, dit-il s'adressant à la fois à sa monture et à son amante.

Quelques minutes plus tard, il excita son cheval et, dans la nuit fraîche, le long de la rivière argentée, l'animal obéissant les emporta au galop vers leur destin.

Les deux jours et les deux nuits qui suivirent, Angélique crut rêver, mais sa bouche, ses lèvres, ses yeux, sa peau lui répétaient qu'il n'en était rien, que l'amour était bien l'amour, un fruit un fruit, et un sexe d'homme un sexe d'homme. Etant douée, la jeune fille apprenait vite et déjà elle pouvait énumérer les mille et une délices de deux corps qui jouent l'un avec l'autre. Hélas, au soir du deuxième jour, Antoine déclara tout à trac :

– Demain à l'aube, nous retournerons en ville, ma douce. Les archers ont dû abandonner leurs recherches et la marquise trouver une autre servante, moins belle que vous, bien sûr, mon enfant, ma pouliche.

Angélique regretta longtemps ces deux jours d'un bonheur presque inhumain à force de perfection, la petite auberge perchée sur les coteaux de la Saône, les réveils accompagnés de cerises et de lait caillé, et l'Antoine, le cher Antoine de ces nuits sans fin qui n'avait alors de mots, de gestes et d'attentions que pour elle.

A Lyon, les choses prirent un tour bien différent. Angélique demeurait rue de l'Arbre-Sec où Antoine venait lui rendre visite. Elle passait des heures interminables à l'attendre et il arrivait parfois qu'elle fût plusieurs jours sans le voir et sans en recevoir de nouvelles. Antoine lui interdisait les sorties. On aurait pu la reconnaître et mettre sur sa piste Mme de Grézieu dont la colère – toujours d'après Antoine – ne s'était pas apaisée. Chaque jour, une gamine, qui devait avoir entre douze et treize ans, venait mettre de l'ordre au logis et faire les courses de la belle captive. Elle s'appelait Chérubine et, si Angélique éprouvait une certaine satisfaction à se voir promue en un rien de temps du rôle de servante à celui de maîtresse, la petite Chérubine n'était pas pour elle une compagne bien distrayante. L'enfant était obéissante mais désespérément silencieuse.

Angélique n'osait se plaindre de sa solitude à Antoine. Il avait déjà tant fait pour elle! Et puis, quand, après une longue absence, il revenait, les bras chargés de cadeaux, le sourire enjôleur, la parole douce, persuasive, suave, Angélique oubliait tous ses griefs. Les jours d'attente se trouvaient d'un coup justifiés et même oubliés. L'heure n'était plus aux récriminations, Angélique faisait sa provision de bonheur.

Toute soumission mérite récompense. Une fois encore, Antoine vint au-devant de ses désirs.

– Ma douce, je vous ai donné ces murs pour vous protéger des loups, mais je ne souhaite pas vous soustraire aux plaisirs de la société. Si vous me le permettez, je convierai ici quelques-uns de mes amis dont la fréquentation vous distraira. Il va sans dire que ceux qui ont ma confiance doivent avoir la vôtre et que vous en userez avec eux comme avec moi-même.

Le logis de l'Arbre-Sec se peupla bientôt. De la table du souper, on passait à la table de jeu. Chérubine servait à boire. Angélique découvrait un autre Antoine. Jusque-là, elle avait cru que son amant vivait de ses rentes et de ses titres. Maintenant elle comprenait que le jeu, loin d'être pour Antoine un simple plaisir, constituait en fait sa principale source de revenus. Il perdait rarement. Une nuit pourtant, le sort lui fut contraire et, en quelques heures, il dilapida une petite fortune qui s'en alla aussitôt remplir le gousset de son ami M. de Vignes. Quand la partie fut finie et Antoine endetté, au lieu de raccompagner ses amis jusqu'à la porte et d'oublier dans les bras d'Angélique ses déconvenues, il dit à la jeune femme :

– Un voyage va me tenir éloigné de vous quelques jours et M. de Vignes m'oblige infiniment en vous offrant sa compagnie. Je désire que vous ne lui cachiez aucun de vos mérites qui sont nombreux.

Sur ces mots, il abandonna précipitamment sa maîtresse qui resta seule avec M. de Vignes. Ils burent un petit alcool de poire dont la chaleur calma la détresse d'Angélique et excita les ardeurs de son compagnon. Fut-ce par obéissance, par dépit ou par vengeance qu'Angélique offrit à son nouvel ami bien plus qu'Antoine ne l'eût supposé? Nous ne saurions le dire car la belle garda sur ce sujet l'air impénétrable d'une jeune sphinge. Quand Antoine, dès son retour, l'interrogea à ce propos, elle répondit qu'elle avait été en tout point fidèle à ses enseignements et qu'elle avait eu à honneur de ne pas décevoir l'estime que lui portait M. de Vignes. Ce dernier eut d'ailleurs le bon goût d'oublier les dettes d'Antoine et de témoigner toute sa gratitude à Angélique par de fréquentes visites rue de l'Arbre-Sec. Le cercle des amis grandit peu à peu et, avec lui, la réputation de la jeune femme. Portée par la rumeur et par ce subtil bouche à oreille qui fait et qui défait les gloires du temps, elle acquit une certaine renommée et les affaires d'Antoine connurent une époque de prospérité.

Argence de Lignon était un des plus fidèles visiteurs et Antoine semblait vénérer le moindre de ses propos. Il faut dire qu'Argence joignait la beauté à l'esprit. Un regard d'un bleu très rare, tout à la fois vif, intense et doux, éclairait son visage aux traits fermes. Ajoutez à cela une élégance sans afféterie, une prestance désinvolte, un langage subtil, et vous comprendrez aisément que sa fréquentation pût flatter Antoine et sa maîtresse.

Quand Argence de Lignon s'attardait dans le boudoir d'Angélique, la chère femme lui offrait tout aussitôt ses alcools les plus fins et le meilleur d'elle-même; cette générosité ne semblait pas trop lui coûter. Quant à Antoine, il s'efforçait d'intéresser son ami à un projet qui lui tenait à cœur. Venue d'Italie, la mode des loteries commençait à envahir la France. Antoine était persuadé qu'il y avait là une fortune à gagner et qu'il devait s'associer à Argence pour créer la première loterie lyonnaise. Son ami se laissa convaincre et Antoine lui exposa le tableau mathématique du jeu. Il maniait les chiffres et les arguments avec une réelle habileté et Angélique, assise un peu en retrait entre ses deux compagnons, pensait qu'elle avait bien de la chance de vivre dans la société d'hommes si aimables.

En très peu de temps, l'affaire fut conclue. Argence de Lignon prêtait son nom et sa réputation à l'entreprise, quant à Antoine, s'il était à part égale dans les bénéfices projetés et pour une part supérieure dans l'organisation des choses, il désirait rester dans l'ombre, sa rénommée de joueur et de précédentes affaires quelque peu douteuses risquaient d'éveiller la méfiance des parieurs.

À la fin de l'été, on fit imprimer les premiers billets de loterie, la joie et l'enthousiasme régnaient rue de l'Arbre-Sec. On discutait fort tard dans la nuit, Angélique et Antoine rêvaient d'un avenir cousu d'or et le Roi n'était pas leur cousin, d'autant qu'on colportait sur le monarque de fâcheux ragots. Ne disait-on pas que le Bien-Aimé ne pouvait plus rendre aux dames qu'un hommage respectueux? Ses défaillances inquiétaient fort Jeanne-Antoinette, marquise de Pompadour. Le déclin de Sa Royale Virilité risquait d'entraîner celui de la favorite. Au firmament de son ciel de lit, Jeanne-Antoinette voyait pâlir son étoile. Angélique Bouillotte vouait un véritable culte à la divine marquise dont elle enviait la réussite. Aussi, le destin malicieux en profita-t-il pour s'acharner au même moment sur l'idole et sur l'idolâtre.

A l'approche de l'automne, la taille d'Angélique s'arrondit et la trop charmante enfant dut bien se rendre à l'évidence, elle était enceinte.

– Je suis grosse de trois mois, confia-t-elle à Antoine, et cela me met au désespoir. Que puis-je faire, mon ami, me donner la mort ou détruire l'objet de mon déshonneur? Vous êtes mon unique espoir et mon sort est entre votre mains. Décidez pour moi, mon très cher Antoine. N'êtes-vous pas flatté que je vous aie préféré à M. de Vignes, à M. de Lignon, et que, de tous nos amis, vous soyez le seul à être dans la confidence?

A dire vrai, Antoine était plus embarrassé que flatté; les billets de loterie allaient bientôt être mis en vente et il n'avait ni le temps ni l'envie de régler des problèmes domestiques.

Inutile de préciser qu'il ne voulait point entendre parler de mariage. Il évoqua tour à tour sa famille qui s'opposerait par tous les moyens à ce projet et qui – selon lui – n'hésiterait pas à le faire incarcérer pour éviter une mésalliance, et sa situation matérielle encore trop instable pour assurer le confort d'une famille. Il fut convenu qu'Antoine irait consulter la Nonante qui, mieux que toutes les sages-femmes de la ville, connaissait les moyens de détruire les œuvres de l'amour.

La vieille sorcière plissa ses petits yeux décolorés, et, interrompant le discours d'Antoine sur les infortunes de sa maîtresse :

– Venons-en au fait, mon joli monsieur, dit-elle avec un geste autoritaire qui mit en branle les sequins d'or et les médailles cabalistiques de son collier.

– Angélique est grosse d'un peu plus de deux mois et elle serait bien aise de supprimer l'intrus.

– Etes-vous venu les mains vides, mon beau monsieur?

– Votre prix sera le mien mais le moyen doit être efficace.

– Si vous m'avez honorée de votre visite, n'est-ce pas la preuve que ma réputation s'étend de la montée du Gourguillon jusqu'aux Brotteaux? Ce sera quarante louis d'or payés d'avance, dit-elle en tendant une longue main décharnée.

Après avoir fait disparaître sous ses guenilles l'argent d'Antoine, elle frappa trois fois le sol du talon et, à ce signal, deux matrones d'une cinquantaine d'années accoururent.

– Voici Bella et Donna, mes filles gémelles, dit-elle à Antoine en désignant l'une et l'autre matrones dont la ressemblance était encore rendue plus parfaite par l'exacte similitude de leur vêtement, de leur coiffure et de leur laideur. Elles flanquaient leur mère comme deux cariatides grotesques soutenant une corniche.

– Allez, les filles, ordonna la Nonante, allez vite chercher une fiole d'opiat, la dame de ce joli monsieur se trouve dans une situation que l'on dit d'habitude intéressante.

Les matrones rapportèrent un flacon que la Nonante brandit en pleine lumière :

– Regardez, mon beau. Vous en avez pour bien plus que vos quarante louis. Regardez : ce sont les stigmates orangé du safran qui colorent cette potion. D'autres vous offriraient en guise de safran de la pauvre amaryllis tout juste bonne pour les lapines! Ajoutez à cela un peu moins d'un demi-gros d'opium et liez le tout dans un sirop mielleux traité aux huiles essentielles de l'herbe de grâce. Votre belle devrait chasser l'importun dans quelques jours, sinon amenez-moi la mère et l'enfant et nous les forcerons bien à se détacher l'un de l'autre.

Malgré les promesses de la Nonante, ni l'opiat ni les saignées ne vinrent au bout du fœtus et Angélique dut se rendre en pèlerinage montée du Gourguillon. Un dernier soleil d'automne faisait briller la chevelure rousse de la colline et, dans les vergers, les branches des arbres ployaient sous les fruits. Angélique jura que si elle sortait vivante de cette aventure, plus rien ni personne ne pourrait contrarier son ascension.

La Nonante troussa aussitôt les jupes de sa cliente, et, après l'avoir palpée comme il se doit, elle conclut qu'Angélique ne devait guère dépasser son troisième mois et que la chose était réparable. Alors, elle fit allonger sur sa table de cuisine la jeune femme déjà affaiblie par les ponctions sanguines et les onguents opiacés et, assistée de ses prêtresses et filles, la Bella et la Donna, elle commença à officier et Angélique à hurler.

– Tais-toi, petite, ou je t'abandonne à ton état. Tu veux donner l'alerte au voisinage? Si on te prend, ce sera au mieux la prison, au pire la Louisiane. Tu le sais, alors tais-toi!

La Bella vint maintenir sur la bouche de l'infortunée un vieux coussin qui sentait la poussière. Angélique entendit encore la Donna murmurer :

– Bien sûr que ce n'est pas un déjeuner de soleil. Il faut que ça fasse mal pour que ces chiennes ne recommencent pas aussitôt.

Un déjeuner de soleil? Angélique revoyait aussitôt les fraises des bois qu'Antoine écrasait sur ses lèvres dans l'auberge de leur escapade, et tout se mêla dans son esprit. Au-dessus d'elle, les deux visages rougeauds et semblables de la Bella et de la Donna se superposaient, retournaient à leur identité originelle, puis se séparaient de nouveau dans un curieux ballet orchestré par le raclement profond, horrible, des instruments de torture qui allaient et venaient à l'intérieur de son ventre. Elle n'était plus qu'un paquet d'entrailles baignant dans son sang, un porc tranformé en boudin dans la cour de Saint-Martin-en-Haut. A intervalles réguliers, la Bella et la Donna lui mettaient sous le nez une herbe puante qui la rappelait à la vie. Le halètement de la Nonante rythmait l'affreux raclement de la racine de son être qui irradiait jusqu'à sa gorge et à ses tempes. Du front de la matrone, tombaient des gouttes de sueur sur le ventre de la suppliciée et cela dura si longtemps que l'écoulement aurait pu se solidifier et monter comme une stalagmite dans l'antre noir du cauchemar.

– Tu veux le voir avant que je le jette? dit encore la Nonante, puis Angélique n'entendit plus rien.

Elle glissait le long de la colline ainsi qu'une terre molle emportée par un torrent de feu et, au bout de son vertige, il y avait un espace morne et infini qui l'absorbait tout entière. Quand elle s'éveilla enfin, la Bella et la Donna, l'une ou l'autre, l'une et l'autre, regards exorbités, lèvres humides, avaient ôté de sa bouche le coussin et elles disaient contre son visage comme pour aspirer son souffle :

– La princesse nous revient. Qu'elle est belle, la jeune morte!

– Taisez-vous, les filles, trancha la Nonante. Demain, la chienne sera sur ses pattes. En attendant, charriez-la jusqu'à la porte. La chaise l'attend.

Angélique crut mourir bien des fois au cours des jours qui suivirent. Dans son ventre, la douleur ne voulait pas s'éteindre et, après chaque rémission, elle revenait la tarauder toujours plus fort. Encore que la souffrance ne fût rien en regard de l'angoisse mille fois plus terrible de mourir. Chérubine changeait son linge et lui essuyait le front en silence. Antoine comme un visiteur poli lui apportait des dentelles et des bonbons et répondait aux plaintes de son amante en affirmant que tout cela n'était rien.

– Mon Dieu, mon ami, je vous sens si loin de moi. Dites seulement un mot et mon corps sera guéri.

– Ne vous agitez pas, ma douce. Vous allez aggraver votre fièvre.

– Mon Dieu, mon ami, ce n'est pas tant la fièvre qui m'agite que l'amour que j'ai pour vous.

– Si je ne puis soulager vos souffrances, faites-moi la grâce de croire que votre amour du moins est partagé. Chaque jour ne vous en apporte-t-il pas de nouvelles preuves?

– J'en veux d'autres, mon ami. Promettez-moi le mariage et je serai bientôt ressuscitée.

Antoine crut-il qu'avec le retour de ses forces Angélique oublierait son serment ou bien que la jeune femme ne survivrait pas à l'épreuve? Toujours est-il qu'il promit et qu'il ne tarda pas à s'en repentir.

Quand Angélique eut recouvré ses joues roses et que, de son éprouvante aventure, il ne resta qu'une légère fatigue qui ajoutait le charme de l'indolence à sa voix et à chacune de ses attitudes, elle exigea que le mariage rêvé devînt réalité. Antoine évoqua de nouveau sa famille – il n'est pas indifférent d'ailleurs de constater qu'il n'en parlait jamais qu'à ce propos – mais, d'un geste gracieux, Angélique balaya l'argument. Antoine comprit que cette fois sa maîtresse ne s'en laisserait pas conter et qu'il fallait trouver le moyen de la satisfaire sans pour cela aliéner définitivement sa propre liberté.

Ce fut dans cette situation difficile qu'Antoine put donner toute la mesure de son génie. Il se souvint fort opportunément d'une ancienne coutume qui n'était pas encore tombée en désuétude. Lorsque les parents s'opposaient farouchement au mariage de deux jeunes gens et que les prêtres solidaires de leur refus ne voulaient pas célébrer le sacrement dans le secret d'une chapelle, le bourreau était alors le dernier recours. Faute de lier leurs mains sur le Saint Livre, les amoureux les joignaient sur l'épée de l'exécuteur.

– Seul le glaive qui nous aura unis pourra nous séparer, ma douce. Le glaive n'est-il pas le maître de ce monde bien plus que le Saint-Esprit?

L'idée de substituer au lien sacré un lien de sang fit d'abord frémir Angélique et de vieilles superstitions vinrent peupler ses nuits de toutes sortes de cauchemars. Puis, peu à peu, elle se rendit aux arguments d'Antoine. A dire vrai, les talents oratoires de son amant eussent été impuissants à remporter cette nouvelle victoire si Angélique n'avait connu Camille. Chose étrange, le visage du jeune bourreau lui inspirait confiance, aussi envisagea-t-elle sans trop de répugnance le fait qu'un bourreau pût présider à son destin.

Ils se rendirent nuitamment rue de l'Enfant-qui-pisse, non sans avoir prévenu Camille de l'objet de leur visite. Le bourreau avait revêtu son habit rituel brodé de la potence et le géant roux son costume noir. Ce dernier emboucha sa flûte pour saluer l'entrée des jeunes amants et la lumière douce des bougies donnait à ce spectacle, somme toute assez insolite, l'apparence débonnaire d'une réunion entre amis.

Avant de procéder au cérémonial, Camille demanda à s'entretenir seul avec la jeune fille. Il l'interrogea sur ses sentiments et sur ceux de son promis avec une délicatesse et une bienveillance telles que l'Eglise eût pu se flatter de ses bons et loyaux services. De toute évidence, le bonheur d'Angélique ne lui était pas indifférent et il ne s'était prêté à ce simulacre que pour lui être agréable. Angélique dont la rhétorique avait progressé grâce aux leçons de son amant trouva les mots pour le convaincre de son amour et elle n'hésita pas à se porter garant de celui d'Antoine. Camille fut ému par son discours que la sincérité parait d'un surcroît de charme et, oubliant le subterfuge, le bourreau se prit lui-même au jeu des amants.

Quand Angélique et Antoine échangèrent avec leurs anneaux le oui solennel, il y eut un instant d'émotion et la petite pièce faiblement éclairée sembla se gonfler aux dimensions d'une nef gothique. Antonin, les joues aussi rouges que la crinière, le torse gonflé à faire craquer l'habit, entonna d'une voix de stentor un superbe cantique au moment même où les deux mains baguées des amoureux se joignaient sur le glaive. Une larme tomba des doux yeux d'Angélique sur l'épée à double tranchant et Camille, avec ferveur, l'essuya aussitôt de ses doigts gantés.

Une fois le rituel accompli, la jeune épousée oubliant ses craintes et l'interdit pesant sur la personne du bourreau se précipita tour à tour dans les bras de Camille et dans ceux d'Antonin, elle embrassa fort benoîtement ses nouveaux amis trois fois comme il est d'usage à la campagne. Le géant roux alla chercher une bouteille et l'on trinqua sans façon avant de se séparer. Dehors, il pleuvait et la robe virginale d'Angélique perdit son empois en un tournemain. Loin de s'en soucier, la belle sautait à pieds joints dans les flaques d'eau en jurant par tous les dieux qu'une mariée bien arrosée est à l'abri du danger.

Après tous ces événements – une naissance qui n'avait pas eu lieu, un mariage qui n'en était pas un – la paix sembla revenir au logis de l'Arbre-Sec et la vie reprit son cours. Notez bien, je vous prie, que rien ne fut changé aux habitudes. Antoine ne fréquentait qu'épisodiquement le domicile conjugal. Angélique accueillait toujours ses invités de manière fort civile. Quand l'un d'eux désirait apprécier les bonnes façons de l'hôtesse ainsi que l'intimité de son boudoir, il lui suffisait de prononcer ces mots fatidiques à l'instant où les autres convives prenaient congé : « Votre alcool de poire, madame, est bien le meilleur qu'il m'ait été donné de goûter. » Et la jeune épouse de répondre tout aussitôt : « Il ne tient qu'à vous, monsieur, de le savourer à nouveau. » M. de Vignes et Argence de Lignon étaient coutumiers du fait et, si la pratique de la belle enfant s'était étendue à la mesure de sa renommée, ces deux-là jouissaient d'un traitement de faveur. M. de Vignes parce qu'il en avait bien usé avec Antoine en oubliant ses dettes, Argence de Lignon parce qu'il était beau, spirituel et que le succès de sa loterie dépassait les plus folles espérances. Grâce à lui, le mari d'Angélique allait faire fortune. Le rôle d'Antoine dans cette affaire devant demeurer caché, la belle ne pouvait donc manifester sa reconnaissance à M. de Lignon que dans le secret de son alcôve. Là, toutes les ressources de son imagination et de sa sensibilité étaient mises au service d'Argence. Rien n'était trop doux, trop aigu ou trop fort pour cet ami merveilleux. La belle exultait dès le prélude. Se rendant sans conditions, elle retournait chaque fois au combat pour offrir à Argence l'avantage d'une victoire toujours remise en question. Et quand elle sentait que son amant, malgré sa vaillance, allait être défait, elle avait le bon goût de lui faire croire à un ultime triomphe.

Pour la seconde fois, on avait mis en vente les billets de loterie et en trois jours tout avait été acheté. La veille du tirage au sort, Argence de Lignon soupa rue de l'Arbre-Sec. Il eut avec Antoine un long aparté. Angélique crut comprendre que les deux hommes s'entretenaient de leurs affaires, mais un regard complice d'Antoine et un sourire prometteur d'Argence lui apprirent qu'elle n'était pas tout à fait étrangère à leur conversation. En effet, à l'heure des adieux, Argence prononça la phrase sacrée :

– Votre alcool de poire, madame, est bien le meilleur qu'il m'ait été donné de goûter.

– Il ne tient qu'à vous, monsieur, répondit-elle ravie, de le savourer à nouveau.

Quand la compagnie se fut retirée, Angélique s'en alla quérir la dive carafe et, de ses blanches mains, versa le breuvage dans le verre d'Argence.

– Trinquons ensemble à la fortune, nous lui devons bien cette politesse, dit Argence.

– Vous n'ignorez pas, mon ami, que j'ai horreur de l'alcool. Mais tous mes vœux vous accompagnent. Quant à mon cœur, il vous est acquis depuis longtemps.

Un soir, les laquais de Mme de Grézieu La Varenne avaient fait boire la jeune paysanne fraîche émoulue de Saint-Martin-en-

Haut et qui ne savait rien des vertus traîtresses de l'alcool. Une fois ivre, elle avait été la risée de tous les domestiques et leurs éclats de voix avaient attiré l'attention de la marquise. Mme de Grézieu lui avait administré deux gifles retentissantes devant toute la maisonnée. Depuis, Angélique s'était juré qu'on ne la reprendrait plus à ce petit jeu. Aussi, M. de Lignon savoura-t-il en solitaire l'inoubliable alcool de poire mais déjà ses mains se mêlaient à celles d'Angélique et les propos échangés annonçaient une nuit de plaisir.

Le verre d'Argence n'était pas encore tout à fait vide quand ils passèrent du fauteuil au lit. Bien que son regard brillât de convoitise, les geste de M. de Lignon étaient délicats, précis et point trop impatients. Au lieu d'en venir directement au fait, il aimait s'attarder aux préambules, assuré qu'il était de trouver bientôt une réponse à ses moindres désirs. Angélique avait appris en quelques mois toutes les nuances de la volupté et elle se savait encore capable de progrès, car – grâce suprême – elle n'était jamais entièrement satisfaite de ce qu'elle faisait. Pour Argence, elle eût voulu posséder bien plus qu'un seul corps. N'était-il pas l'ami très cher d'Antoine? En l'aimant, elle aimait à la fois son mari et le compagnon de son mari. Devant l'autel de cet amour redoublé, elle se devait de multiplier ses offrandes.

Hélas! ce soir-là, Angélique n'eut pas le loisir de montrer toutes les facettes de son talent. A peine M. de Lignon s'était-il engagé dans la voie du plaisir, que son beau visage, si fin, si altier, pâlit tout d'un coup. C'était une blancheur de mort, tout juste teintée de jaune, qui l'envahissait et, de ce masque soudain figé, les yeux bleus d'Argence semblaient vouloir se détacher.

Il dit encore :

– Ma douce, vous me tuez, et un filet de bave vint se durcir à la commissure de ses lèvres.

Son corps tressautait mais, malgré ces secousses nerveuses, Angélique ne parvenait pas à le détacher d'elle. On eût dit au contraire que plus il souffrait, plus il cherchait à la pénétrer. Elle était son refuge contre les douleurs atroces qui faisaient du bel Argence une marionnette aux yeux de perle.

Quelques minutes encore, il se débattit. Entre deux râles, il murmurait des mots éperdus :

– Est-ce vous, Angélique? Est-ce vous qui me tuez?

Quand elle réussit enfin à se dégager de son étreinte et à sauter au pied de ce lit qui avait prit des allures de radeau, elle dit :

– Doucement, doucement, mon ami. Je m'en vais chercher du secours, mais une dernière plainte d'Argence arrêta son élan. De la bouche désormais silencieuse du moribond sortit une espèce de bouillie épaisse et ses membres s'immobilisèrent. Angélique se souvint de la petite chèvre de Saint-Martin-en-Haut dont les entrailles avaient été dévorées par deux énormes chiens-loups. Les mouches avaient déjà pris le relais des molosses quand elle l'avait découverte, le ventre béant. Pour Argence aussi, il était trop tard.

Angélique se signa à trois reprises précipitamment, puis elle remit bon ordre au costume du moribond. Argence ne pouvait être vu en piteux équipage. Saisie d'une soudaine pudeur, elle voulut même le tirer jusqu'au salon mais, devant la difficulté de l'entreprise, elle dut abandonner le corps dans la ruelle. Sans doute, songea-t-elle aussi que, s'il y avait une petite chance de réanimer cette forme inerte, il fallait faire vite.

Angélique se précipita dans l'escalier et gravit les trois étages qui la séparaient de la soupente où dormait Chérubine. Elle tambourina de toutes ses forces contre la porte de l'enfant qui avait le sommeil de son âge :

– Vite, vite. Monsieur se meurt.

– Mon Dieu! Il est arrivé malheur à M. Antoine! dit la gamine, la tête barbouillée de sommeil.

Angélique ne prit pas le temps de lui dire la vérité mais lui donna l'ordre de courir immédiatement chercher un prêtre de Saint-Nizier. Puis, toutes deux dégringolèrent les marches en criant :

– A l'aide! Au secours!

Des portes s'entrebâillaient; des regards curieux, des vêtements froissés de nuit apparaissaient aux embrasures.

– Il est arrivé malheur, chuchotait-on d'un étage à l'autre. Je l'avais bien dit! A brûler la bougie par les deux bouts, il arrive qu'on se grille les doigts et le reste.

Folle d'angoisse, Angélique répondait seulement :

– Je vous en prie, je vous en prie, aidez-moi. Il faut le sauver, et elle dévalait l'escalier quatre à quatre.

Une fois dans la rue de l'Arbre-Sec, elle cria à Chérubine sans se retourner :

– A Saint-Nizier, tu entends. Et n'aie pas peur de réveiller tout le monde. Prêtre ou archiprêtre, tu ramènes quelqu'un, et elle s'engouffra dans une allée voisine où un médecin habitait.

Le valet grogna que cela pouvait attendre mais les cris d'Angélique avaient déjà éveillé l'homme de l'art qui apparut en bonnet. Le désordre de la belle, ses larmes et sa supplique attendrirent le médecin qui enfila tout juste un pourpoint sur son vêtement de nuit avant de se précipiter dans le sillage d'Angélique.

Les voisins avaient envahi ses appartements et jusqu'à sa chambre. Ils étaient tous là, bien éveillés maintenant, à qui commenterait le drame, à qui détaillerait par le menu les meubles, les miniatures, les tapisseries. Et si les phrases s'échangeaient derrière l'auvent des mains, eu égard au jeune mort dont le regard immobile n'avait rien perdu de son intensité, on ne devinait pas moins, dans chaque propos, cette excitation malsaine qu'engendre le malheur des autres. Les bonnes âmes s'apitoyaient mais elles se plaisaient à évoquer la main de

Dieu ou de quelque destin vengeur qui, dans sa grande miséricorde, n'en oubliait pas de frapper la pécheresse.

Des mioches s'accrochaient aux jupes de leurs mères; d'autres, plus hardis, allaient toucher du doigt le monsieur pour voir s'il allait enfin se décider à bouger. Un chat se pourléchait au beau milieu du lit dévasté.

– Dieu, quel carnage! s'exclama le médecin en faisant reculer tout ce beau monde. Taisez-vous un peu et donnez-moi un miroir.

Hélas, pas le moindre souffle n'en vint ternir la surface et le médecin manifesta son impuissance d'un haussement d'épaules.

– Qu'a-t-il mangé? Qu'a-t-il bu? interrogea-t-il encore.

Angélique allait répondre quand se produisit une chose incroyable. Le petit chat qu'à l'arrivée du médecin on avait chassé du lit, s'en était allé se réfugier sur un guéridon où il avait renversé le verre d'alcool de poire qu'Argence n'avait pas eu le temps de vider entièrement. A peine l'animal avait-il lapé le breuvage que son corps fut parcouru de tremblements nerveux. En quelques minutes à peine, la pauvre bête avait trépassé.

– Qu'a-t-il bu? interrogeait de nouveau le médecin mais, cette fois, sa voix avait perdu toute aménité. D'un geste de colère, il enlevait son bonnet de nuit et le jetait par terre.

– Qu'a-t-il bu? répétait-il, et son crâne chauve brillait de transpiration.

Angélique comprit alors qu'elle n'était pas

encore arrivée au sommet de l'épouvante. Le médecin désignait tour à tour la carafe d'alcool, le cadavre du chat et le corps du bel Argence, du jeune Argence, du tendre Argence. Tous les visages se tournaient vers Angélique, les index pointaient dans sa direction, les injures sortaient des bouches, les gamins criaient, les mères maudissaient. Comme ils étaient laids, comme ils se ressemblaient, ces hommes, ces femmes, ces enfants qui faisaient cercle autour d'elle. Ils allaient l'étouffer, l'écraser, la supprimer. Leurs haleines puaient. Leurs mains étaient plates et rouges. Ils avaient le blanc de l'œil ensanglanté. Ils crachaient des mots qui ne parvenaient plus jusqu'à elle. Ils étaient trop près, elle ne distinguait plus rien.

Quand elle bascula dans le noir, elle sentit qu'elle était arrivée au sommet.

Le soir même, Angélique Bouillotte fut inculpée de meurtre sur la personne d'Argence de Lignon, marquis de Chassagne et d'Oudin, commandeur de l'ordre de Malte.

5

CE FUT UN JOLI CHARABARAT DANS LA VILLE...

Ce fut un joli charabarat dans la ville quand on annonça que le second tirage de la loterie n'aurait pas lieu et que les acheteurs de billets ne seraient pas remboursés. Certes, Argence de Lignon était mort et bien des Lyonnais s'étaient émus de cette fin tragique et peu digne de son rang, mais le pire n'était pas là. En effet, le défunt ne partait pas seul, la caisse de la loterie avait disparu avec lui. On eut beau interroger ses amis, ses relations, ses proches et sa famille entière, on n'obtint en guise de réponse que des pleurs et des lamentations. De louis d'or point. Alors tous les soupçons retombèrent sur la malheureuse Angélique. Il fallait une coupable, elle le fut doublement. Comme si le titre de criminelle ne lui suffisait pas, on lui octroya bien vite celui de voleuse. Mais attention, il ne s'agissait pas de l'abaisser au rang de ces vide-goussets, gens de la petite flambe, chevaliers de la courte épée et autres malingreux; non, le vol d'Angélique était d'une tout autre nature. En dérobant le butin d'Argence – puisque c'était bien de cela qu'on l'accusait –, elle avait spolié la ville entière. Il suffit de quelques stigmates pour faire une sainte; à Lyon, quelques billets de loterie firent croire à la sorcière.

Depuis son arrestation, Angélique avait connu tous les tourments, mais sa naïveté lui était d'un grand secours. Réduite au pain sec, honnie de tous, chargée des péchés les plus ignominieux, insultée par ses juges et ses gardiens, elle croyait encore que son innocence la sauverait. Angélique ne désespérait pas. Il y avait une providence, et cette providence-là connaissait la vérité. Qui avait mis le poison dans la carafe? Qui avait volé la caisse? Elle ne voulait pas le savoir, elle ne voulait pas y penser. Elle n'avait pas fait le mal, elle ne serait pas punie.

D'Antoine, elle ne parla jamais, même quand le questionneur enfonça dans ses chevilles et ses poignets les pointes acérées qui broient, brisent, brouillent le cœur et les esprits. Les bracelets forçaient sa chair, elle ne parlait pas. Une plainte seulement sortit de sa bouche à l'instant où elle s'évanouit. Elle avait cru voir la Nonante se précipiter sur elle pour lui arracher le ventre comme on vide un poulet. A coups de gifles, le questionneur lui redonna la vie et en profita pour serrer d'un cran les maudits bracelets. Angélique n'avait plus la force de se plaindre.

– Parle, sorcière. Parle donc.

Des hommes autour d'elle s'agitaient, des hommes lui promettaient de lui couper le bout des seins avec des ciseaux bien aiguisés, des hommes disaient que si elle continuait à se taire ils lui feraient voir la vierge de Nuremberg. Qu'avait-elle de si effrayant, cette vierge-là? Angélique restait silencieuse et perdait son sang, le questionneur était au bord du désespoir.

D'Antoine, elle ne parla jamais. Pourtant, chaque fois que le geôlier lui jetait sa ration de pain, elle ne manquait pas de lui demander :

– Personne n'est venu me voir? Personne ne m'a demandée, hier, aujourd'hui, cette nuit peut-être?

Le gardien avait déjà refermé le guichet qu'elle criait encore :

– Personne? Personne? En êtes-vous bien sûr?

Pas la moindre visite pour Angélique. Il avait disparu dans la nature, son ami, son amant, son mari. On chercha bien un moment à retrouver sa trace. En vain. On ignorait les liens financiers qui l'attachaient à Argence, par conséquent on ne le soupçonna ni plus ni moins que les autres fidèles de la rue de l'Arbre-Sec. Sa disparition, sans doute, aurait pu le désigner à la vindicte publique, mais les juges s'arrangèrent pour détourner la colère de la ville sur la seule personne d'Angélique : mieux valait une criminelle incarcérée qu'un présumé coupable en fuite.

Tout au long du procès qui attira les foules au palais, Angélique ne put que protester de son innocence, hélas sans convaincre personne. D'autant que les dépositions des témoins l'accablaient. Elle était une dépravée dont les beaux yeux ensorceleurs avaient corrompu la fine fleur de la société lyonnaise. La ville entière étayait les accusations portées contre elle de toutes les calomnies envenimées par la jalousie et la vengeance. Justice serait faite! Et chacun de réclamer la mort de la coupable.

La marquise de Grézieu La Varenne se présenta devant ces messieurs dans son plus bel équipage. La mouche bien plantée sur la pommette afin de mettre en évidence son teint de lait, le décolleté généreux et frémissant, la robe demi-deuil et les plus beaux joyaux de son écrin au cou, elle dit que la petite Angélique avait tous les dons hormis celui qui devrait être l'apanage des filles pauvres : la modestie. Il était à craindre, poursuivit-elle, que son avidité jointe à une absence de discernement ne l'eût entraînée à fréquenter des personnes peu dignes d'estime.

– La pensez-vous capable d'un meurtre? lui demanda-t-on.

– Les âmes sont insondables, répondit-elle. Croyez bien, messieurs, que j'ai gardé une infinie tendresse pour l'enfant démunie qui frappa à ma porte un matin d'hiver. Je la revois en guenilles, sale et belle comme une vraie bergère. Elle aurait attendri les cœurs les plus durs, et le mien, vous le savez, est très tendre. Je l'ai comblée de tous les bienfaits, elle m'en a haïe. Angélique Bouillotte ignore la reconnaissance; je l'ai appris à mes dépens. Permettez-moi de taire ma déception. Argence de Lignon n'était-il pas un de ses bienfaiteurs? Loin de moi l'idée de conclure qu'elle l'ait remercié en le tuant, mais enfin...

La marquise eut un sourire qui révéla la blancheur de ses dents, puis elle se retira aussitôt dans un froissement de dentelles et de soies.

Angélique fut donc condamnée tout d'une voix à parcourir la ville sur un âne. Elle serait torse nu et porterait un écriteau mentionnant son état : Fille publique. A l'issue de cette promenade, la pauvre enfant irait se faire pendre sur la place des Terreaux. Notez bien que la sentence était d'une exceptionnelle rigueur. D'ordinaire, on épargnait aux femmes le supplice de la pendaison jugé par trop infamant. Afin de ne pas blesser leur légitime pudeur et de ne pas enfreindre le respect dû à leur sexe, on leur faisait l'honneur de les décapiter ou de les brûler. Cependant les forfaits d'Angélique parurent tels qu'on n'hésita pas à transgresser la règle.

C'était l'hiver de nouveau, et le brouillard, et le froid, et la faim. Angélique ne voyait plus que les murs de son cachot sur lesquels se dessinaient les ailes de la chauve-souris qui l'emporterait bientôt vers la nuit éternelle. Il lui arrivait de prier, mais les mots d'autrefois avaient perdu leur pouvoir. La mélodie se brisait dans sa gorge et l'excès de ses malheurs la portait à négliger ses devoirs de piété.

Parfois, elle allait même jusqu'à souhaiter la mort comme le port assuré où la paix lui serait enfin acquise. En effet, qu'avait-elle connu de la vie? La pauvreté qui l'avait livrée à toutes les vicissitudes d'un destin contraire. L'humiliation qui l'avait condamnée à ramper dans le monde ainsi qu'une couleuvre dans l'herbe. Dépourvue de parents, de fortune, de protection, elle espérait le terme de ses persécutions. Ce chemin semé d'épines la conduirait-il vers un ciel plus clément où son innocence brillerait d'un éclat sans fin? Antoine l'avait abandonnée. Dieu lui-même serait-il oublieux?

Et puis, un matin très tôt, le concierge de la prison vint la chercher et la pauvre petite comprit que c'en était fini. Elle n'en ressentit aucun soulagement. Bien au contraire, une fièvre de panique s'empara d'elle. Ce n'était pas tant la mort qui l'effrayait que tout ce qu'elle aurait à subir avant l'ultime perte de connaissance : la promenade honteuse dans la ville, les injures, les crachats, et sa belle innocence moquée, bafouée, avilie.

Dans la chapelle de la prison, elle n'entendit pas les paroles du Tantum ergo sacramentum, elle n'entendit que son cœur qui battait comme un fou de ses tempes jusqu'à ses orteils. Elle était devenue une énorme caisse de résonance et la furie sonore qui l'habitait l'empêchait de percevoir le verbe sirupeux du chapelain. Elle ne voyait devant elle qu'un homme grotesque vêtu d'or et de nuit qui s'agitait comme un démon dans les effluves poisseux de l'encens et de l'humidité et qui se tournait parfois vers elle en roulant de gros yeux de poisson. On ne prie pas les mains liées et les pieds entravés. On oublie les mots de justice quand l'injustice vous gonfle le cœur. On ne crie même pas quand Dieu lui-même devient sourd.

On la traîna comme un paquet vers le cachot où le bourreau l'attendait pour la dévêtir et la préparer au cérémonial. Antonin la laissa seule avec Camille non sans avoir fermé de l'extérieur la porte à double tour.

– Angélique, Angélique, murmura Camille dans un soupir. Quelle horreur, Angélique, de vous retrouver là!

Quand elle put parler, en ouvrant à peine les yeux, la pauvre enfant dit :

– Vous m'aviez bien avertie que je ne devais pas toucher votre épée. Je me souviens exactement de vos mots : celui qui effleure l'épée du bourreau lui appartiendra un jour ou l'autre, tôt ou tard. Je me souviens très bien. Malgré votre mise en garde, j'ai touché de nouveau votre épée le soir de mon mariage. Aujourd'hui, elle se venge.

– Non, Angélique. Elle ne peut se venger. Elle est mienne et je vous aime.

Angélique se tut et Camille l'accota contre le

mur. D'une brassée de paille, elle fit un coussin qu'elle glissa entre le dos de l'infortunée et la paroi humide.

– Non, Camille, jamais personne ne m'a aimée, même pas ma mère.

Le bourreau lui passa un chiffon imbibé d'alcool sur le front.

– Personne ne m'a aimée, répéta-t-elle. Antoine... et elle n'acheva pas sa phrase.

– C'est lui, n'est-ce pas, le coupable? C'est lui? Pourquoi n'avez-vous rien dit?

– Je vous défends, hurla Angélique. Je vous défends!

Elle secouait la tête de droite à gauche et ses yeux devenaient fous.

– Ecoutez-moi, Angélique. Antoine a tué Argence et Antoine vous tue maintenant. Ne direz-vous rien?

– Vous mentez. Votre métier est de mentir et d'assassiner. Vous n'êtes même pas digne de prononcer le nom d'Antoine.

– Je ne veux pas que vous mouriez.

– Ne suis-je pas déjà morte? On ne vit que par l'amour des autres et ils m'ont tous abandonnée.

– Je puis encore vous aider, Angélique. Parlez donc avant que je ne pose le bâillon sur votre bouche.

– Jamais. Entendez-vous? Jamais.

Le bourreau comprit qu'il n'obtiendrait rien d'Angélique et, par respect pour son courage, il ne l'importuna pas davantage. Cet entêtement insensé, cette volonté de couvrir de son silence le meurtre de l'homme qu'elle aimait, cette fidélité aveugle grandissait soudain la jeune femme.

Depuis son entrée en fonctions, Camille avait vu défiler bien des condamnés, mais aucun ne l'avait tant émue que cette femme innocente transfigurée par un amour dont elle n'espérait plus rien. Camille se souvenait de tous ceux qu'elle avait embrassés dans la terreur des derniers instants. Vincent Gianni qui sentait la forêt et qui n'avait vécu que de rêves et de crimes. Le vieux Clément qui bavait de peur comme un escargot petit-gris et dont elle avait essuyé les lèvres avec sa langue. Et Raphaël, et Justin, et Emile au regard torve, et Auguste au bec-de-lièvre, et Jonas à la mine farouche, et bien d'autres, tous francs larrons qui puaient la crasse, les vomissures et la paille souillée des cachots. Elle les avait lavés, bichonnés, caressés. Elle ne choisissait pas, Camille. Elle les aimait tous pareillement. Et si, le soir, sa peau s'était imprégnée à leur contact de l'odeur fade de la mort, elle se lavait sans dégoût, heureuse de leur avoir donné en échange le dernier parfum, grisant jusqu'à l'oubli, du monde qu'ils allaient quitter.

Il ne serait pas dit que Camille laisserait sans secours cette jeune femme-là, belle, innocente et courageuse. Alors, le bourreau enleva ses gants et sa veste marquée de la potence, puis il déroula les bandelettes qui enserraient son buste.

– Vous êtes... murmura Angélique.

– Je suis là pour t'apaiser.

Elle défit les vêtements d'Angélique et posa la tête de l'enfant sur son ventre. Et longtemps, très longtemps, elle la berça du mouvement de ses cuisses.

– Je vous en prie, dit Angélique juste avant que Camille ne lui plaçât le bâillon, je vous en prie, portez mon corps en terre sainte. Personne ne le réclamera, je n'ai pas de famille.

Camille promit de faire venir un prêtre qui, avec son aide, se chargerait de l'enterrer religieusement à la nuit tombée, puis Antonin ouvrit la porte et, dans la cour de la prison, la pauvre fille prit place sur l'âne pour la promenade à travers la ville. On la fit asseoir le visage tourné vers la queue de la maudite bête, les mains liées derrière le dos, le torse nu et ses jolis seins écrasés par la pancarte qui portait l'inscription infamante : Fille publique. Enfin, on lui planta sur la tête un chapeau de paille ridicule dont les bords lui tombaient jusqu'aux oreilles. Dans cet équipage réservé aux maquerelles et aux prostituées, elle parcourut la rue Saint-Jean dans un furieux tumulte de lazzi et d'injures.

– Crève, sorcière, crève donc! Bien fait pour toi, sale pute, sale truie! La catin va épouser la Veuve, joyeuses noces! Regardez-moi ça, la chienne se retire à l'abbaye de monte-à-regret! Ouvre les cuisses, sorcière, le diable veut sortir!

Le pauvre petit âne qui avait pourtant l'habitude des foules, puisque Antonin l'avait acheté en plein charabarat, était effrayé par tous ces cris et le géant roux devait le tirer de toutes ses forces pour le faire avancer. « Plus vite, plus vite », encourageait Camille que les insultes semblaient atteindre tout autant qu'Angélique; parfois, elle enserrait de sa main gantée les poignets de la malheureuse enfant et, si la foule n'avait pas été aveuglée par la haine, elle aurait surpris le bourreau en train de murmurer des paroles de consolation à sa victime.

Quand, après la rue Saint-Jean, le cortège approcha de la Saône, Camille comprit que ses craintes étaient, ô combien, justifiées. Toute la ville était dans la rue. On venait d'apprendre qu'à Versailles Sa Majesté avait été victime d'un attentat et la colère du peuple, toute chaude, toute neuve encore, déferlait en une monstrueuse vague. Qu'importait à cette foule que la pauvre fille juchée sur son âne n'eût rien à voir avec le régicide qui avait enfoncé son canif dans la chair royale. Que lui importait que Damiens eût à peine égratigné l'épaule du Roi. Touché dans le dos, le Bien-Aimé avait d'abord cru qu'un ivrogne avait profité de la bousculade pour lui donner un coup de poing. Ensuite, la blessure s'était faite plus précise et le Roi avait dit : « Je crois qu'une épingle m'a piqué. » Ce fut seulement après avoir passé la main dans son dos et l'avoir découverte pleine de sang, qu'il avait pris conscience de l'attentat.

– A mort! A mort! hurlait la foule lyonnaise

qui ne faisait pas la différence entre Angélique Bouillotte et Damiens. La pauvre fille n'était plus condamnée pour un crime perpétré contre la ville, c'était le royaume tout entier qu'elle avait voulu atteindre.

– Plus vite! Plus vite! criait Camille et Antonin en sueur malgré le vent glacé tirait l'animal qui se montrait de plus en plus récalcitrant. Les archers étaient débordés. Des fenêtres, on jetait des navets, des trognons de choux et de salades. Sous les projectiles, le chapeau de paille dont on avait affublé Angélique vola par terre et la foule applaudit à l'exploit. Antonin, tout rouge, leva un poing vengeur dans la direction des braillards. Du calme, du calme, lui souffla Camille. Dans les hourras, un œuf qui avait raté sa cible vint s'écraser contre la tête du chapelain et lui badigeonna la tonsure. Un mendiant baissa sa culotte et tendit un postérieur tout blanc et tout ridé dans la direction d'Angélique. On aurait dit qu'une mauvaise troupe de saltimbanques jouait une version burlesque de la fuite en Egypte. Le rôle principal était tenu par une vierge déguisée en putain et qui chevauchait son âne à rebours.

La place des Terreaux était noire de monde et pourtant il en arrivait encore par la rue Sainte-Marie, la rue du Puits-Gaillot, la rue des Carmes et la rue Mal-Conseil. Malgré le froid, les cabaretiers avaient sorti leurs tables et l'odeur aigre du vin se mêlait à celle du crottin. Deux jours plus tôt, avait eu lieu le grand charabarat d'hiver et la place n'avait pas encore été nettoyée de tous les excréments de la fête. A ces relents, s'ajoutait le fumet plus vif et plus pénétrant de l'escadron de cavalerie dont les montures bien rangées au pied de l'échafaud patientaient depuis près d'une heure dans le vent glacial.

A l'arrivée du cortège, le glas tinta à toute volée dans le ciel lugubre de janvier. Quelques oiseaux montèrent en flèche vers les nuages et furent avalés par la bise glacée. Une clameur furieuse accompagnée de battements de mains, de piétinements et de sifflets ébranla les murs de l'abbaye Saint-Pierre et de l'hôtel de ville. Jamais les combats de bucentaures pour les fêtes nautiques de la Saône n'avaient soulevé un tel enthousiasme.

Les belles dames se pressaient aux fenêtres des maisons et, au premier rang des spectateurs, la Nonante trônait sur son pliant, flanquée de ses deux cariatides de filles, la Bella et la Donna, aux corps boursouflés de graisse, aux visages d'une semblable laideur. La vieille, les deux mains croisées sur le pommeau de sa canne, était d'une immobilité si parfaite qu'on eût pu croire que, d'une exécution à l'autre, elle n'avait pas cessé de fixer de son œil décoloré la potence où était mort son petit-fils.

Dans le grand carré vide autour de l'échafaud, on fit descendre Angélique de son âne. Un des aides subalternes du bourreau dénoua les liens de ses poignets et lui plaça dans la main droite un cierge de cire ardente. La flamme vacilla tout contre son visage, affolant encore plus le regard de la malheureuse. Camille la soutint par la taille pour lui faire monter l'échelette de bois.

– Quel beau couple! s'exclama la Nonante en plissant ses petits yeux décolorés.

Un soleil d'hiver, tranchant comme l'épée, surgit alors d'entre les nuages et fit étinceler la veste rouge du bourreau. Il y eut parmi la foule une sorte d'exclamation étouffée. Le spectacle en valait la peine. Les Lyonnais étaient à juste titre fiers de leur bourreau, Damiens même le leur aurait envié. Ce n'était certes pas à Paris qu'on pouvait se targuer d'un plus grandiose cérémonial. Au balcon de l'abbaye, les dames frissonnèrent. Les cavaliers de l'escadron n'auraient pas donné leur place pour un boulet de canon – que dis-je? – pour un royaume et même pour un empire.

Après avoir débarrassé la condamnée de son cierge, le géant roux releva avec des délicatesses de camériste la longue chevelure brune de la jeune femme, la tordit entre ses mains, et, à l'aide de quelques épingles, la fixa dans un semblant de chignon. Il y eut encore de nombreux cris parmi la foule quand il enleva de la poitrine d'Angélique la pancarte infamante, puis le murmure s'apaisa et la place des Terreaux s'installa dans un silence absolu pour le final du spectacle.

La nuque dégagée, et la gorge offerte, Angélique se tenait toute frêle et toute droite dans le soleil d'hiver. Alors que son innocence n'avait pas su attendrir ses juges, sa beauté révélée aux yeux de tous inspirait à cette foule guère prompte à s'émouvoir un soudain respect. Etait-elle ange ou succube? Le silence se chargeait d'une interrogation et chacun retenait son souffle.

Il faudrait donc qu'Angélique offrît son corps à cette ville qu'elle avait rêvé de conquérir. Son triomphe était à ce prix. Ses yeux se perdaient dans les lointains. Peut-être cherchait-elle à retrouver là-bas, à droite, à l'autre bout de la place, l'endroit précis d'où, un an plus tôt, elle avait vu pendre un pauvre malheureux. Antoine lui avait alors murmuré des mots tendres au creux de cette même nuque qui allait bientôt être brisée à tout jamais. « Vous êtes encore plus belle qu'on me l'avait annoncé, Angélique. » Comme il sentait bon, comme il parlait bien, M. de La Roche Corbon. Grâce à lui, la vie d'Angélique, qui avait commencé ce jour-là place des Terreaux, se terminerait tout à l'heure sur cette même place.

Camille lui plaça autour du cou les trois cordes réglementaires et lui glissa à l'oreille :

– N'ayez pas peur, Angélique. Vous ne sentirez rien, je vous le promets sur ma propre vie.

La pauvre enfant bâillonnée eut un battement de cils pour dire qu'elle avait compris. Maintenant que les injures avaient cessé, elle ne semblait plus souffrir. Pas le moindre frisson sur sa peau parfaitement lisse et blanche. Un feu intérieur annulait le froid du ciel.

La foule avait déjà entonné le Salve Regina

quand un cavalier empanaché de blanc surgit comme l'ange du seigneur.

– Ordre du Roi! Ordre du Roi! cria-t-il en bousculant les archers du guet.

Les cantiques se turent tout aussitôt. Déjà le cavalier pénétrait dans le grand carré vide autour de l'échafaud. Les bouches des chanteurs étaient ouvertes mais plus aucun son n'en sortait; au balcon, les dames étaient figées au milieu d'un geste. Pas un seul cheval de l'escadron n'osa hennir. Le cavalier blanc approchait de la tribune officielle.

Etait-il venu pour décocher à la belle Angélique sa flèche empennée? Au massacre, allait-on substituer un sacrifie à l'antique? L'amour de blanc vêtu allait-il célébrer l'ultime triomphe de l'innocence? Au milieu de la foule médusée, la Nonante se leva sans que ses deux horribles filles n'eussent eu besoin de la soutenir.

– Pour une fois, il est arrivé à temps! Pas de brouillard aujourd'hui! s'exclama la sibylle du Gourguillon et les *r* grondaient dans sa voix comme l'orage dans un ciel d'août.

Le cavalier se découvrit devant la loge de ces messieurs de la Ville et tendit au prévôt des marchands le message qui portait le sceau royal. Là-haut, au pied du gibet, dans un geste dicté bien plus par l'instinct de vie que par la piété, Angélique joignit les mains, et Camille, dont le visage avait encore blêmi, enserra de son bras les épaules de la malheureuse.

– Le vent tourne, Angélique, murmura-t-elle avec un sourire crispé par l'attente.

Elle n'osait pas croire au miracle. Elle ne voulait pas qu'une joie trop prompte vînt anéantir leurs espoirs. Ainsi que dans les rêves, le cavalier blanc n'allait-il pas disparaître au moindre bruit, au plus faible tressaillement? Le silence se prolongeait tandis que les deux femmes se serraient l'une contre l'autre, Angélique à demi nue, Camille vêtue en homme et en bourreau.

A la tribune officielle, il y eut un murmure, un remuement de lèvres. De bouche à oreille, la nouvelle se répandait. Des yeux surpris roulaient dans les orbites. Le rouge montait aux joues de ces messieurs de la Ville comme si ce dernier épisode eût été trop rapide et trop imprévu pour eux. Le spectacle de la mort ne leur tirait pas une larme, en revanche le miracle les prenait au dépourvu. On se consultait, on opinait de la tête, on se rendait à l'évidence. Il ne restait plus qu'à faire quérir le crieur public qui mit enfin un terme à l'attente de toute une ville.

Angélique était innocente. On avait arrêté à Montélimar Antoine de La Roche Corbon avec la cassette contenant l'argent de la loterie et le coupable avait avoué tous ses crimes. C'était lui l'empoisonneur, le voleur et le spoliateur.

Sans plus attendre les ordres de ces messieurs, le bourreau et son aide débarrassèrent le cou d'Angélique des trois cordes réglementaires auxquelles Camille avait ajouté en secret un très fin lacet que les badauds ne pouvaient voir et qui lui aurait permis d'étrangler d'un seul coup l'infortunée en lui évitant ainsi une longue agonie.

Une fois le bâillon ôté, la pauvre petite éclata en sanglots et tomba à genoux, alors la foule, dans un retournement aussi imprévu qu'unanime, acclama d'une même voix celle qu'elle avait insultée quelques minutes auparavant.

– Dieu soit loué! Vive le Roi! Bénie soit l'innocence!

Le vacarme s'il tournait en sa faveur n'en effrayait pas moins la pauvre enfant qui répétait au milieu de ses pleurs :

– Mon Dieu, Antoine. Ils vont te tuer, par ma faute.

– Taisez-vous, Angélique, dit Camille d'une voix ferme qui semblait soudain n'admettre aucune réplique. Taisez-vous. Vous êtes vivante et cela seul importe.

Elle donna l'ordre à Antonin d'enlever sa veste et d'en revêtir aussitôt les épaules d'Angélique. Il fallait faire vite. Angélique connaissait le secret de Camille, et, par étourderie, par inadvertance, la jeune femme pouvait se montrer bavarde. Camille risquait gros dans l'affaire.

– Ecoutez-moi, Angélique, dit-elle en la forçant à se relever. Vous êtes seule, vous avez besoin de repos et vous ne savez où aller. Précipitez-vous sans plus attendre chez moi où mon fidèle Antonin vous accompagnera. Je vous y rejoindrai en fin d'après-midi. D'ici là, ne parlez à personne. Vous êtes entourée d'ennemis. Ceux qui chantent vos louanges à présent sont ceux-là même qui vous injuriaient une heure plus tôt. Vous ne devez leur répondre que par le silence. Promettez-moi de faire ce que je vous dis.

Angélique approuva d'un hochement de tête et suivit Antonin. La foule lyonnaise vit disparaître à regret sa nouvelle Blandine.

Le soir, comme convenu, Camille retrouva Angélique rue de l'Enfant-qui-pisse. La pauvre orpheline, morte et ressuscitée en un même jour, buvait une décoction préparée par Antonin. Les paupières gonflées de larmes, le visage amaigri et encore plus attendrissant – ajoutez à cela une grâce naïve et des traits d'une touche très fine –, elle aurait pu figurer dans l'une de ces allégories où la main du ciel s'en vient secourir l'innocence.

Dans les bras de Camille, elle pleura longtemps encore sur les malheurs d'Antoine qui lui faisaient oublier ses propres infortunes.

– Mon Dieu, mon amie, s'écria-t-elle enfin, que vais-je devenir? Je n'ai plus personne sur cette terre.

Trop heureuse d'entendre ces mots-là, Camille lui offrit l'hospitalité et, en signe d'approbation, Antonin se précipita vers la cuisine non sans avoir annoncé d'un air jovial :

– Ne bougez pas, mes colombes, je m'en vais vous mitonner un de ces petits plats dont vous me direz des nouvelles. Mais plus une seule larme, sinon au pain sec!

6

RUE DE L'ENFANT-QUI-PISSE, LA VIE À TROIS S'ORGANISA...

Rue de l'Enfant-qui-pisse, la vie à trois s'organisa. Les premiers jours, Antonin ne put réprimer quelques mouvements d'humeur facilement imputables à la jalousie. Le géant roux qui régnait en mère poule au logis voyait non sans crainte une tierce personne s'immiscer dans son domaine. Jusqu'à présent, il avait été seul à partager le secret de Camille. Les beaux yeux de chat de la petite Angélique ne représentaient-ils pas un danger pour sa protégée, sa maîtresse, sa reine? Quand il entendait rire les deux jeunes femmes, il lui arrivait d'en éprouver du dépit et, malgré lui, ses poings se crispaient; alors, pour étouffer la colère qui montait en lui, il tirait de sa ceinture la petite flûte aux clés d'argent qu'il embouchait tout aussitôt, et la mélodie aigrelette venait couvrir les rires mêlés d'Angélique et de Camille.

Peu à peu, la jalousie du bon géant s'émoussa. Sa protégée était heureuse. Il ne lui en fallait pas davantage pour calmer ses craintes. Depuis le soir où ils avaient fui La Rochelle, jamais il n'avait vu à Camille une telle mine, un tel entrain. Jour après jour, Angélique reprenait goût à la vie et le regard de Camille se faisait plus brillant, son rire plus clair. Les deux femmes avaient cessé de se repaître en silence de leur passé. Le temps des souvenirs et des regrets était révolu. De plus en plus rarement, Angélique prononçait le nom d'Antoine; de plus en plus rarement, Camille évoquait les chants de mort du grand océan. Elles n'avaient pas oublié, mais un sourire, une caresse de l'une à l'autre étaient le plus doux des onguents sur leurs anciennes déchirures.

Tandis que Camille et Antonin vaquaient à leurs occupations, Angélique demeurait au logis où la solitude ne semblait pas lui peser. Depuis l'horrible promenade dans la ville et l'exposition sur l'échafaud, elle ne voulait plus remettre les pieds dans la rue. Hormis Camille et Antonin, tout ce qui respirait sous le ciel de Lyon l'écœurait. L'appartement se refermait sur elle comme une carapace protectrice. Il y faisait chaud et le vacarme de la rue montait jusqu'à elle sans l'atteindre vraiment.

Elle avait effacé de sa mémoire ses rêves ambitieux pour se consacrer à des tâches plus modestes. Quand, le soir, le bourreau et son valet rentraient chez eux, chaque meuble brillait comme un louis neuf. Antonin lui savait gré de ses soins; grâce à Angélique, il se trouvait soulagé d'une bonne part des travaux domestiques, et, ses moments de loisir, il pouvait les consacrer entièrement à sa chère flûte.

Camille regagnait ses pénates avec un plaisir qu'elle n'avait jamais connu auparavant. A peine avait-elle passé le seuil du logis, qu'elle donnait l'ordre de baisser toutes les persiennes afin que le regard des voisins ne vînt pas l'importuner et elle se dépouillait aussitôt des attributs de sa fonction. Tandis qu'Angélique rangeait soigneusement dans l'armoire la veste rouge sur laquelle elle avait brodé de ses blanches mains la potence et l'échelle symboliques, Camille défaisait sa longue chevelure blonde et revêtait une robe de soie blanche. Sa poitrine enfin libérée des bandelettes venait orner fort joliment son décolleté.

– Il fait froid dehors, disait Camille. Il pleut, il neige, il vente. Comme nous sommes bien ici...

Puis se taisant, elle relevait les cheveux d'Angélique et elle posait sur la nuque de la charmante enfant, à l'endroit précis où elle avait passé les cordes qui devaient l'étrangler, le plus doux des baisers.

Camille se souvenait du dîner chez la marquise, quand Mme de Grézieu La Varenne avait exhibé devant tous les convives le cou de sa servante. Quoique perfide, la marquise n'en possédait pas moins le goût le plus sûr; la nuque d'Angélique, délicatement parfumée à la fleur d'oranger, était chaude, vivante et d'un velours merveilleusement agréable aux lèvres. Camille aimait agacer la peau de son amie par un baiser trop long, alors un frisson montait le long de l'échine d'Angélique et bientôt un rire irrépressible la forçait à rejeter la tête en arrière et à se laisser aller tout entière dans les bras de Camille. Elle avait cette attitude de parfait abandon qu'ont les saintes quand elles croient entendre la réponse de Dieu ou les chiots lovés sur le ventre de leur maître. Les femmes trop aimées, les enfants cajolés ne peuvent exprimer cette foi mêlée de reconnaissance, l'habitude de la tendresse a émoussé leurs sentiments. Pour Angélique, tout était découverte. Son corps si souvent caressé ne l'avait été que par des mains distraites. Ses amants faisaient tout juste escale, très vite un vent contraire les emportait vers d'autres ports. Elle n'avait connu que de jeunes vainqueurs pressés et son enfance avait été célébrée à coups de taloches. D'épanchements, jamais. Angélique était neuve et Camille goûtait à pleine bouche l'extraordinaire cadeau de sa naïveté.

Parfois, quand le travail du jour avait épuisé les forces de Camille, la jeune femme demandait à Angélique de la masser. Avant de revêtir sa robe de soie blanche qu'elle réservait aux soirées passées en tête à tête, Camille s'allongeait nue sur son lit et Angélique la frictionnait avec une pommade où se mêlaient les essences de verveine et de bergamote. Une vieille chambrière de la marquise qui possédait tous les arcanes de la science lui avait transmis ses connaissances et bientôt les mains de l'élève étaient devenues aussi expertes que celles de son aînée. Du temps où Mme de Grézieu ne haïssait pas encore sa soubrette, souvent elle réclamait ses soins; elle allait même jusqu'à la complimenter sur son art. Il est vrai qu'Angélique savait parfaitement manier la chair potelée et paresseuse de la marquise. Avec Camille, le travail était bien différent. D'ailleurs il ne s'agissait plus d'un travail mais du simple témoignage de sa tendresse à l'aide du langage des mains. Le corps souple de Camille était fait de muscles très longs et bien dessinés, et les mains d'Angélique épousaient les formes parfaites de son amie. Ses doigts ne s'enlisaient jamais dans des bourrelets de graisse, partout il y avait une résistance qui répondait à la pression de ses mains.

– Plus fort, disait Camille. N'aie pas peur, Angélique, tu ne me fais pas mal.

– Jamais je ne te ferai mal, répondait Angélique, et, si tu le veux, c'est à ton bonheur que je consacrerai mes jours. Camille, tu es ma seule famille. Je ne veux plus rien savoir du monde. De toi seule, je tiens mon existence. Que ne t'ai-je connue plus tôt! Pourquoi avons-nous perdu tant d'années, mon amie?

Un soir où, la tête appuyée à un oreiller, elle laissait son corps aux bons soins d'Angélique, Camille déclara soudain :

– Dès aujourd'hui, je vais commencer à t'apprendre à lire.

– Pourquoi donc? Je préfère t'entendre lire à haute voix. Cela ne suffit-il pas?

– Non, Angélique, cela ne suffit pas. Tu dois pouvoir te passer de moi.

– Est-ce possible? s'exclama Angélique, et ses mains interrompirent leur va-et-vient docile. Tu veux me congédier, n'est-ce pas, tu veux me congédier?

– Congédier? Quel mot! Tu n'es pas à mon service, Angélique. Tu habiteras ici aussi longtemps que tu le voudras et je souhaite que tu le veuilles encore de nombreux mois.

– Toujours, toujours, répéta Angélique.

– Mais tu n'es ni ma prisonnière ni ma servante. Tu dois vivre avec moi parce que tu as choisi de le faire et non parce que tu ne sais où aller.

– Savoir lire ne me donnera pas un logis, une famille, répondit Angélique d'un air buté.

Camille se leva et passa sa robe blanche. Elle comprenait les réticences de son amie. L'écriture était pour Angélique un domaine interdit et effrayant. En effet, n'avait-il pas suffi de quelques signes indéchiffables sur un papier pour la condamner à mort et de quelques autres signes tout aussi obscurs pour la sauver?

– Quand les filles du peuple sauront lire, une ère nouvelle commencera, Angélique. Alors nous pourrons vivre et nous défendre. Alors la fatalité ne nous mènera plus de l'orphelinat aux arrière-cuisines des riches, et de celles-ci à l'hospice. La fatalité a bon dos. Il n'est pas vrai, Angélique, que certaines créatures soient vouées aux besognes les plus rudes ou bien destinées à être réduites à l'état de bêtes féroces parquées dans leurs réduits. La main de Dieu ne peut pas avoir voulu cela, les hommes sont les seuls fautifs. Le savoir des riches, leurs bonnes manières hypocrites légitiment leur pouvoir et leur mépris. A nous de secouer le joug dont ils nous chargent. A nous de nous sauver. Quand les filles du peuple sauront lire, il n'y aura plus de bourreaux.

Camille croyait au miracle du savoir. Portée par sa passion, elle voyait déjà Angélique s'ouvrir à la connaissance comme une belle-de-jour à la lumière, et, autour de son amie, des milliers d'autres fleurs, toute une multitude de bouquets orner le chemin triomphal de la liberté. L'apothéose était proche quand Antonin vint interrompre les prophéties de Camille :

– Mes colombes, voilà de quoi vous réjouir le palais. Que dis-je, le palais? Mais le nez, les yeux, l'estomac. Et, croyez-moi, vos mignons petits ventres seront aussi de la fête. Une potée d'écrevisses à la Nantua, préparée par votre serviteur, mes belles. De l'or rouge rompu d'un blanc laiteux! Un régal! Dévorez bien vite, d'autres surprises vous attendent.

– Tu vas nous faire mourir, Antonin! s'exclama Camille, le regard brillant de convoitise.

– On ne meurt pas de plaisir, mes tourterelles. Et si la peau du ventre vous tire trop, mettez-vous debout. Il y a de fortes chances que vous en fassiez entrer quelque peu en plus.

– Tu sais lire, Antonin? questionna Angélique.

– Oui, Camille m'a appris. Dieu la bénisse! Grâce à elle, je peux déchiffrer toutes les recettes de cuisine.

Dès le lendemain, Angélique se transforma en écolière. Ni l'argumentation de Camille ni les raisons plus pratiques d'Antonin ne l'avaient convaincue, mais son désir d'être en toute chose agréable à son amie la rendait studieuse. Tout d'abord l'apprentissage lui parut difficile, puis, peu à peu, elle se prit au jeu et ses progrès devinrent rapides. Camille applaudissait ses moindres succès et la soutenait de toute son affection comme si Angélique eût relevé d'une longue maladie et que seuls des soins vigilants eussent pu l'aider à parcourir le chemin de la convalescence. Elle avançait, la petite Angélique, et chacun de ses pas était célébré. De triomphe en triomphe, le monde s'élargissait devant elle, et, loin de se sentir confinée au logis, elle avait l'enthousiasme de ceux qui vivent la grande aventure de leur vie.

Chaque soir, à la lueur d'une bougie, les deux femmes serrées l'une contre l'autre, la chevelure défaite et les yeux brillants, déchiffraient quelque vieux missel ou le dernier poème de M. de Voltaire sur le désastre de Lisbonne :

Un jour tout sera bien, voilà notre espérance :
Tout est bien aujourd'hui, voilà l'illusion.

Le bourreau répétait ces vers avec ravissement et Angélique ne voyait là rien que de très naturel. Jamais elle n'avait questionné Camille sur son passé ou sur les circonstances qui l'avaient amenée à remplir la fonction d'exécuteur. Angélique ne manquait certes pas d'intelligence ni de curiosité, mais l'habitude du malheur l'inclinait à se satisfaire du présent quand celui-ci voulait bien lui sourire. Toute promenade hors du logis ou hors de l'instant lui semblait dangereuse.

Pourtant, quand Carnaval régna en maître sur cette ville qui n'aimait la folie qu'à date fixe, Angélique et Camille se risquèrent ensemble dans les rues. La fête autorisait tous les déguisements et Camille se vêtit en homme – ce qui ne changeait guère. Toutefois, elle abandonna l'habit de bourreau pour un pourpoint de velours broché, et toutes deux cachèrent leur joie et leur visage derrière des loups noirs. Comme n'importe quel couple épris, elles déambulèrent dans la nuit en se tenant par la taille. Il faisait très doux, et, après les longs jours de brouillard ou de gel, cette soudaine chaleur de l'air affolait les têtes. Ainsi, souvent à Lyon, en fin d'hiver, une semaine de soleil fait croire à la proximité des tropiques.

Dans le quartier des Terreaux, il y avait foule. Par on ne sait quel phénomène qui tenait bien plus du mystère et de la tradition que de la configuration de la ville, la place et les rues avoisinantes attiraient à elles tout ce qu'il y avait de vie dans la grande cité. Tantôt on y tuait, tantôt on y faisait du commerce et parfois même on savait y rire pour rien, pour un verre de beaujolais, ou pour un minois mal dissimulé derrière un loup.

Cette nuit-là, dans les effluves doux d'un printemps précoce, on se bousculait joyeusement, on interpellait les masques, on se jetait au hasard des quolibets. Une vêture bariolée et une obscurité complice faisaient croire à chacun qu'il n'était plus lui-même. Les langues se déliaient, les mains s'entrelaçaient, les bouches se découvraient. Chargée de toutes ces étreintes, la nuit s'alourdissait comme à l'approche de l'orage, et la Saône, toute blanche et ridée sous la lune, accueillait dans le giron de ses berges les accouplements les plus inattendus.

Si, dans les soupentes, le halètement des métiers s'était tu, au fond des ruelles, la respiration des hommes et des femmes s'était faite plus rapide. La grande palpitation de la fête n'épargnait rien ni personne, jusqu'aux fontaines dont les eaux jaillissaient plus haut et plus dru pour mieux s'accorder aux désirs des hommes.

– A La Rochelle, dit Camille, certaines nuits ressemblent à celle-là. Les marins parlent alors des Amériques, même s'ils n'ont fait que du cabotage aux abords des côtes françaises. Pour un soir, ils deviennent de grands navigateurs et de fieffés corsaires, et les femmes se donnent aux plus menteurs.

– Raconte-moi La Rochelle, demanda Angélique en se blottissant contre son amie. Je t'en prie, raconte-moi.

– Tu sauras tout, répondit Camille.

Antonin les suivait à quelques pas de distance en jouant de la flûte et sa chevelure flamboyante ne manquait pas d'attirer les regards de joyeuses luronnes qui cherchaient à consoler sa solitude. Quel plumage! Quel ramage! Est-il permis de toucher l'instrument? demandaient-elles avec des rires de gorge en désignant la petit flûte plantée entre les joues rebondies d'Antonin.

– Attendez-moi, attendez-moi, criait-il dans la direction d'Angélique et de Camille.

– Mais c'est qu'il a peur ce grand garçon! s'exclamaient les luronnes.

A travers les jalousies des tavernes, filtraient des cris de plaisir ou de douleur mêlés au bruit de l'argent qu'on laissait tomber sur les comptoirs ou dans les mains des filles. Celles qu'on appelait les chauves-souris glissaient dans l'ombre en troussant leurs cotillons sur leurs cuisses blanches et grasses. Sous les lanternes rouges des rendez-vous galants, des hommes excités par le vin attendaient leur tour et, quand la porte s'entrouvrait, ils jouaient des épaules et des poings pour se frayer un passage vers le lieu sacré qui sentait la crasse et les verres renversés.

Antonin avait rengainé sa flûte et, d'une

main fébrile, il écartait deux lames d'une jalousie pour mieux observer ce qui se passait à l'intérieur du bouge. Le spectacle dut le ravir puisque, n'y tenant plus, il demanda tout aussitôt à Camille et Angélique la permission de leur fausser compagnie. A peine eurent-elles le temps de lui répondre, qu'il avait déjà disparu, le cheveu en feu et la lèvre goulue, jeter sa gourme dans le ventre d'une belle catin.

Les deux jeunes femmes traversèrent la Saône, puis elles empruntèrent la montée du Gourguillon. Les promeneurs devenaient de plus en plus rares.

– Où m'emmènes-tu? interrogea Angélique.

– Nulle part, dit Camille, mais la sûreté de sa démarche démentait sa réponse. Tu es une petite fille trop craintive.

– Je n'aime pas cet endroit, dit-elle en apercevant la maison de la Nonante.

– N'aie pas peur. Du haut de la colline, nous devinerons la ville entière et tu comprendras alors qu'elle ne peut plus t'effrayer.

Au-dessus des murs des couvents, de longs branchages attendaient la venue du printemps. Camille avait-elle le don de voir dans l'obscurité? Elle guidait avec précision les pas de son amie et devinait le moindre obstacle. Quand elles furent presque arrivées au sommet de la colline, Camille poussa une porte qui s'ouvrit en grinçant.

– Où sommes-nous? interrogea Angélique.

– Dans le cimetière des récollets.

– N'entrons pas, je t'en supplie.

– Aurais-tu peur des morts?
– Tais-toi, ne parle pas de cette manière.
– Ce n'est pas des morts qu'il faut avoir peur, crois-moi, mais des vivants.
Camille réchauffa les petites mains d'Angélique qui tremblaient bien plus d'épouvante que de froid et elle lui confia qu'elle venait souvent ici enterrer ses victimes.
– Tu creuses toi-même leurs tombes?
– Oui, avec l'aide d'un récollet. Quand on a trempé ses mains dans le sang, on peut bien avoir un peu de terre sous les ongles.
Puis, saisissant le bras d'Angélique, Camille lui fit visiter les lieux.
– A droite, au bout de la deuxième travée : Vincent Gianni qui aimait la forêt, l'or et la révolte. Auprès de lui, le vieux Clément qui bavait comme un escargot petit-gris. Au beau milieu du cimetière : Joubert et Beaufils, dans le même trou, compagnons d'infortune liés à la vie à la mort. Au loin à gauche : Raphaël, et Justin, et Emile au regard torve, et Auguste au bec-de-lièvre, et Jonas à la mine farouche... Pas la moindre pierre tombale; juste des croix de bois plantées en terre, et bientôt, avec le printemps, des chicorées sauvages et des myosotis.
» Tant de prêtres aux alentours pour sauver leurs âmes! Ne crains rien, Angélique, ils sont déjà tous en paradis. A Lyon, les saints habitent les collines. Le purgatoire est à la taille de la presqu'île, tout juste logé entre Rhône et Saône.

Elles s'assirent au pied de la statue de saint François et elles s'enveloppèrent, étroitement enlacées, dans la cape d'Angélique. Le silence était absolu. Les rares souffles d'air ne faisaient que courber les branchages dépourvus de feuilles sans leur arracher le moindre bruissement.

– Raconte-moi La Rochelle. Raconte-moi ta vie, murmura Angélique.

– Ici? Tu n'as donc plus peur?

– Rien de mal ne peut me venir de toi. Dieu lui-même n'a pas voulu que tu me tues et si la prophétie s'est réalisée – celui qui touche l'épée du bourreau lui appartiendra un jour ou l'autre, tôt ou tard – c'est dans la vie que tu me possèdes et non dans la mort. Je t'aime, Camille, et je n'ai que toi au monde.

– Ma famille, ce sont eux, répondit Camille en désignant de la main les tombes des exécutés. Mais, dans le monde des vivants, tu es le seul êtrc que je chérisse. Cette nuit, tu vas entendre ce que jamais je n'ai dit. Tu m'en détesteras peut-être, ou alors tu m'en aimeras davantage. Je veux bien prendre tous les risques si tu me le demandes.

– Je t'en prie, supplia encore Angélique.

– Eh bien! voilà...

7

MON ENFANCE NE FUT EN RIEN DIFFÉRENTE DE CELLE DES AUTRES FILLES DE LA BOURGEOISIE ROCHELAISE...

Mon enfance ne fut en rien différente de celle des autres filles de la bourgeoisie rochelaise, à cela près que mon père m'eût préférée garçon et qu'il me le fit souvent sentir. Je n'en souffris guère. J'étais née pour aimer et, dès mon plus jeune âge, cette heureuse inclination me fit chérir les êtres, les choses et le monde entier. Mon amour ne connaissait pas de bornes et me donnait de l'appétit. Je n'étais pas de ces enfants qui font la moue quand vient l'heure du repas. J'avais faim de tout ce qu'on voulait bien me donner et j'ai conservé de cette époque une certaine méfiance à l'égard de ceux qui ont l'estomac chagrin. Il y a beaucoup à parier que leur cœur ne soit également maussade.

Mon frère Archibald me confectionnait des

arbalètes et m'entraînait dans tous ses jeux. Je tenais à honneur de lui montrer mon adresse et mon audace, d'autant qu'à la moindre faute il ne me ménageait pas ses critiques. « Tu es bien une fille », concluait-il immanquablement. Je me taisais, plus triste de ne pas le satisfaire que blessée par ses reproches, tandis qu'il entonnait son chant de guerre :

Les Anglais n'auront pas
La tour Saint-Nique, Nique,
Les Anglais n'auront pas
La tour de Saint-Nicolas.

De trois ans mon aîné, il m'imposait sa loi et je lui obéissais sans trop rechigner. Pendant les longues absences de mon père, il était le seul homme à la maison, et ma mère, femme pieuse et effacée, lui demandait son avis à tout propos alors qu'il n'avait guère plus de douze ans. Je l'admirais et rares étaient les occasions où j'osais lui tenir tête. Je me souviens pourtant de la plus violente de nos disputes. Archibald qui avait fait de moi un archer accompli voulait me voir exercer mon art au détriment des oiseaux. A la fin de l'été, quand les raisins mûrs attirèrent des nuées de passereaux, il me mit en demeure de transformer chaque vigne en un champ de bataille. J'aime tout ce qui vit et particulièrement les oiseaux. Pour ne pas heurter de front mon frère, je fis mine d'exécuter ses ordres tout en m'efforçant de rater chaque cible. « Tu ne sais rien faire, comme toutes les drôlesses », grommela-t-il. Mais le lendemain, quand la même scène se reproduisit, Archibald comprit soudain mon subterfuge : ma maladresse était feinte. Alors, furieux de s'être laissé berner par moi, sa puînée, il me gifla à toute volée et exigea un tribut de douze oiseaux qu'il fit griller et me força à manger.

Mon père possédait des bateaux et plusieurs équipages, mais il n'aimait pas rester à quai et la haute mer l'éloignait de nous durant de longs mois. De la Nouvelle-France, il ramenait des fourrures pour le compte de la Compagnie du Castor. A son retour, il nous racontait les Amériques : les forêts des Amériques, les fleuves des Amériques, les sauvages des Amériques. Ce grand homme aux traits durs était pour moi un continent étranger. Je l'aimais de tout mon cœur. Quand il était absent, je répétais dans le secret de ma chambre les phrases tendres que je lui dirais bientôt et j'imaginais les caresses qu'il ne manquerait pas de me prodiguer. Mais hélas, aussitôt qu'il se dressait devant moi, la lèvre ironique et le front plissé, j'oubliais tout et je demeurais silencieuse et stupide. D'ailleurs ma mère me montrait l'exemple, l'angoisse la torturait dès qu'elle pressentait son retour. Allait-il être mécontent d'elle, de nous, du train de la maison?

Archibald était le seul à ne pas s'émouvoir pour si peu. Ses joues s'étaient couvertes d'un fin duvet et ses traits devenus fermes, il ressemblait de plus en plus à mon père qu'il dépassait par la taille. Fini le temps des jeux, je lui étais devenue indifférente. Un seul être occupait son esprit : François. Ils avaient le même âge et les mêmes goûts et Archibald l'aimait comme un frère, comme ce frère qu'il n'avait pas eu et dont j'avais pris la place.

Une solide amitié qui ne se démentit jamais les fit traverser côte à côte l'adolescence. De moi, Archibald ne se souciait plus et je m'en trouvais très bien, jusqu'au jour où naquit dans son esprit un curieux projet par lequel il songeait à disposer de mon avenir sans même avoir pris le soin de me consulter au préalable. Il avait décidé de me faire épouser François. Sans être un Adonis, son ami n'avait rien de rebutant, mais, à l'exemple de mon frère, il avait toujours affiché une telle indifférence à mon égard que longtemps je ne crus guère à la réalisation de ce dessein. Je laissais le temps agir en ma faveur : François s'éprendrait d'une autre jeune fille et Archibald oublierait ce mariage par lequel il espérait se lier son ami à tout jamais.

J'ignorais alors que le temps ne coule pas toujours à la même allure, tantôt il se précipite, tantôt il s'alanguit. Le plus étrange encore n'est-il pas quand son flot s'interrompt d'un coup, et que, dans cet intervalle inouï, nous nous mettons à vivre, à respirer, à aimer et à souffrir sans plus aucun point de repère? Personne ne nous apprend ces choses-là et nous sommes si démunies et si vulnérables quand elles adviennent. Si merveilleusement neuves aussi, quel que soit notre âge.

Pour ma part, j'avais dix-huit ans, quand un

soir à la tombée du jour, je demandai à ma mère la permission d'aller au port chercher mon père qui arrivait d'une de ses longues courses en mer. J'étais seule dans la voiture avec notre cocher. La nuit ressemblait un peu à celle-ci, sans être chaude, elle contenait toutes les promesses d'un printemps proche et les Rochelais s'étaient donné rendez-vous sur le port.

Nous approchions de la digue construite par Richelieu que l'on nomme pompeusement le frein de l'hérésie ou la huitième merveille du monde, quand à l'endroit même où les régiments de Vaubecourt et d'Estissac faisaient le guet un siècle plus tôt, notre voiture fut arrêtée par un attroupement. Je me penchai à la portière pour voir ce qui gênait notre passage et surtout pour respirer l'odeur de la marée haute. Mon regard croisa alors celui d'un homme qui me dévisageait; aussitôt, je me rejetai en arrière dans les capitons de la voiture. Mais l'homme apparut bientôt à la portière et me fit signe de descendre. Je ne sais ce qui se produisit en moi. Sans hésiter, sans même prendre la peine de prévenir le cocher qu'il continue seul sa route, je sautai à terre; j'étais devant lui, je ne le connaissais pas. Il me dit son nom que je ne compris tout d'abord pas, je lui répondis que le bateau de mon père devait être dans le pertuis d'Antioche et qu'il jetterait l'ancre ce soir. Il me proposa une promenade en attendant son arrivée.

Pour la première fois de ma vie, je parlais à

un homme qui n'était ni un parent, ni un ami de mon frère, ni celui de mon père. Et je trouvais les mots, et je riais, et je me sentais merveilleusement vivante. Sous les arcades, des couples allaient se tenant par la taille et je me croyais dans une ville étrangère. Le temps avait interrompu son cours. Je n'avais plus pour guide que la voix de Laurent, car il s'appelait Laurent, je le savais, je ne savais que cela. Le cocher, le bateau, l'arrivée de mon père, j'avais tout oublié du reste du monde.

Quand nous retournâmes au port, il faisait nuit noire et le bateau était à quai depuis longtemps. Curieusement ce qui m'eût horrifiée quelques jours plus tôt ne me troubla guère ce soir-là. Ma famille devait être en alerte. Le pied à peine posé sur la terre ferme, mon père avait sans nul doute injurié le cocher et reproché à ma mère la légèreté de ma conduite, puis, sans plus attendre, donné l'ordre à mon frère et à son ami François de parcourir la ville à ma recherche. Ce branle-bas, ces cris, ces jurons que j'imaginais aisément me faisaient sourire, en revanche, Laurent craignait de m'avoir mise dans l'embarras. Je lui répondis que j'aimais déjà le tourment qu'il me donnait.

Nous glissâmes en silence dans les rues désertes, ajoutant encore quelques détours à notre chemin pour ne point nous séparer trop vite. Nous imaginions mille stratagèmes dans le but de nous revoir bientôt. Quand enfin il fallut nous dire au revoir, nous échangeâmes un premier baiser qui me fit en souhaiter d'autres.

Je trouvai ma famille dans l'état exact que j'avais imaginé. Il n'y manqua ni une injure ni une lamentation. Je répondis par le silence, ce qui eut le mérite de porter à son comble la colère de mon père. Quant à François qui se croyait déjà des droits sur moi, je me félicitai en secret de lui préférer un autre homme.

On m'enferma plusieurs jours dans ma chambre, puis mon régime s'assouplit et je passais de la prison à l'état de simple surveillance. Malgré toute ma famille, je réussis à établir une correspondance avec Laurent grâce à la complicité de Louison, ma servante. Puis, dès que mon père fut reparti et que la vigilance d'Archibald donna des signes de lassitude, j'en profitai pour revoir Laurent.

Les entraves à notre bonheur ne faisaient que renforcer nos liens. Quoique brèves, nos rencontres étaient notre vie. D'un naturel impatient et spontané, j'apprenais la dissimulation et la ruse. Je crois bien que le fait d'attendre de longs jours les instants qui nous réuniraient enfin m'était une volupté supplémentaire. Je ne respirais que pour Laurent et l'idée de pouvoir une fois encore le regarder et lui parler me tenait en éveil. J'aurais été capable de sacrifier des années de ma vie et tous les êtres que j'avais chéris jusque-là pour un seul de ces instants.

Je puis dire sans me flatter que cet amour était en tout point partagé. Je m'émerveillais de voir Laurent suspendu à mes lèvres et ému du moindre de mes émois. Je ne me demandais même pas s'il était beau ou s'il avait de l'esprit. Il était la beauté, il était l'esprit. Il vivait à l'intérieur de moi et je n'avais pas le recul nécessaire pour proférer un jugement. Avec lui, j'existais. Oubliés le mépris d'Archibald et l'indifférence de mon père, Laurent me donnait son amour et c'était la seule dignité à laquelle j'aspirais.

La Rochelle est une petite ville, même si l'océan repousse ses limites à l'infini. Entre ses murailles, les nouvelles vont vite. Bientôt ma famille apprit le nom de celui qui était la cause de mon inconduite. On avait cru de ma part à une étourderie sans lendemain. On découvrit avec horreur que j'avais la suprême audace d'aimer un ennemi : Laurent Deville.

Ainsi que mes parents, les Deville possédaient des bateaux. Nous appartenions tous deux à ces quelques familles contre lesquelles le moine Richard le Poitevin proférait des imprécations : « Malheur à vous, riches de La Rochelle qui vous confinez dans vos richesses et vos privilèges. Vos trésors ont bouché vos yeux et vous ont rendus aveugles. Le jour viendra où dans vos demeures l'or aura fait place aux épines et où les orties pousseront sur vos murailles renversées. » Egalement riches, nos familles étaient rivales sur les mers et se détestaient sur terre.

Mon père préférait traverser la rue plutôt que de croiser le père de Laurent. De plus, bien des gens soupçonnaient les Deville d'être restés fidèles en secret à la foi protestante de leurs ancêtres. Les miens affichaient un papisme intolérant. Tout cela ajouté à la volonté d'Archibald de me voir épouser François ne laissait rien augurer de bon pour Laurent et pour moi.

Quand mes parents apprirent la nouvelle, il y eut des cris, des menaces, des imprécations; puis ces heures de désordre furent suivies d'un calme apparent : ainsi, au cours des graves maladies, des périodes de rémission succèdent-elles aux crises. Bientôt, je retrouvai Laurent sur une petite plage près du port.

– Fuyons, me dit-il. Ici, tout nous sépare. Crois-moi, ils sont forts et nous ne pourrons rien contre eux.

Nous évoquâmes tour à tour la Louisiane, Paris et l'Angleterre, mais la joie d'être ensemble me faisait oublier nos malheurs.

– Quittons au plus vite La Rochelle, répéta encore Laurent, et j'eus la faiblesse de lui répondre d'un baiser et de remettre à plus tard notre fuite. Hélas! je venais de laisser échapper notre dernière chance de vivre ensemble. Mille fois, je me suis souvenue de ce moment-là et aucune absolution ne pourra me laver de cette faute qui causa notre perte. Si je n'avais pas été aveuglée par le bonheur d'aimer et d'être aimée, j'eusse mieux saisi toute la noirceur du monde et la menace qui pesait sur nous. Mon erreur fut fatale et je n'ai à ma décharge que cet excès de bonheur qui fit trop tôt place à une souffrance non moins démesurée. Je ne compris que longtemps après qu'il est des instants qui déterminent le cours de notre existence; ma première rencontre avec Laurent était de ceux-là et je n'avais pas balancé avant de prendre ma décision. Je fus beaucoup moins clairvoyante lors de ce rendez-vous sur la plage que j'ignorais être le dernier. Je n'aurai pas trop de toute une vie pour m'en repentir.

Quelques jours plus tard, je fus terrassée par une nouvelle épouvantable : Laurent et son père venaient d'être arrêtés. Un de leurs serviteurs les avait dénoncés aux pouvoirs de police. Cet homme qui, chose étrange, avait servi peu de temps auparavant chez nous, prétendait que M. Deville et son fils obligeaient toute leur maisonnée à réciter des prières impies. Quoique catholiques en apparence, ils n'en restaient pas moins fidèles en secret à la R.P.R. (1), assurait-il. Derrière l'incohérence de ses propos, il laissait entendre des choses monstrueuses sur la moralité des Deville et leur manière de vivre.

Je ne crus pas un traître mot de ces calomnies. Le malentendu se dissiperait vite, pensais-je naïvement. Chaque matin, j'envoyais Louison aux nouvelles. Ce qu'elle apprenait en faisant ses emplettes n'avait rien de réconfortant. La justice accumulait des preuves contre Laurent et sa famille. Certains murmuraient qu'un

(1) R.P.R. abréviation employée pour : Religion Prétendue Réformée. *cf.* l'Edit de Nantes.

homme puissant devait se cacher derrière cette obscure machination, et le nom de mon père fut prononcé à plusieurs reprises; d'autres, les plus nombreux, prônant les saintes lois de l'Eglise et du Royaume, hurlaient avec les loups et demandaient la mort des coupables. Bientôt il n'y eut plus un seul être à La Rochelle pour soutenir la cause des Deville. Ceux qui la veille les invitaient à dîner juraient aujourd'hui leurs grands dieux qu'ils ne leur avaient jamais adressé plus de trois mots. Personne ne se souvenait de les avoir connus.

Chez moi, jamais on n'évoqua l'« affaire » et, chaque fois que je pris l'initiative d'en parler, il me fut répondu de me taire. La honte ne manquerait pas de rejaillir sur toute la famille si on venait à apprendre mon amour pour Laurent. A les entendre, j'étais coupable d'avoir entretenu quelque commerce honteux avec le diable en personne. Le fait même de prononcer le nom des Deville était déjà un péché mortel.

Longtemps encore je voulus croire que mon père n'était pour rien dans l'arrestation de Laurent. Mais son silence et l'éclat haineux de son regard dès que quelqu'un osait parler de l'« affaire » en sa présence semèrent peu à peu le doute dans mon esprit. A la souffrance terrible de savoir mon amant en danger s'ajouta bientôt l'horreur d'avoir à rougir de mon père. Le serviteur qui avait dénoncé Laurent n'avait-il pas appartenu à notre maison?

Combien mon père l'avait-il payé pour commettre cette infamie? Peut-être lui avait-il suffi de commander pour être obéi tant l'autorité qu'il exerçait sur ses gens était redoutable et tant la couardise entraîne les faibles aux pires vilenies.

Je savais mon père intransigeant, je l'ignorais inhumain. A plusieurs reprises, je tentai de lui parler de Laurent et de ma souffrance, j'espérais à la fois attendrir son cœur et dissiper l'affreux soupçon qui allait ternir pour toujours son image. S'il m'avait seulement assuré qu'en rien il n'avait suscité l'accusation qui pesait sur Laurent et son père, je n'en aurais pas demandé davantage. Sa parole m'eût été la meilleure des preuves. Vains espoirs! Chaque fois, il me rabroua durement. La bête à sept têtes de l'Apocalypse n'eût pas suscité en lui plus d'horreur et de dégoût que le nom des Deville. Quand enfin je le suppliai à genoux d'intervenir en ma faveur afin que l'on me permît de visiter Laurent dans son cachot : « Sois maudite, dit-il, toi qui déshonores ta famille et qui oses persister dans le péché. » Ces paroles me glacèrent d'effroi. Etait-il possible que l'affection de mon père se fût éteinte d'un coup? Mais en fait, m'avait-il jamais aimée? Il ajouta encore que le couvent serait désormais mon seul refuge et que j'avais eu grand tort de faire la difficile au sujet de François, plus aucun homme ne voudrait de moi à présent. Comme si j'eusse souhaité m'unir à un autre être que Laurent!

Dès ce moment-là, je ne vis plus autour de moi que des ennemis, à l'exception de la petite Louison dont la fidélité ne put pourtant pas adoucir mes tourments. Tout me peignait sous les couleurs les plus affligeantes le sort de Laurent. Privé de liberté, il subissait l'humiliation et la haine. Quoique le registre paroissial eût fourni la preuve que la famille Deville au grand complet avait été baptisée et qu'un banc de Saint-Sauveur était marqué à son nom, Laurent et son père risquaient la mort pour sacrilège et impiété. D'autant qu'une perquisition permit de découvrir à leur domicile des livres dits mauvais et une Bible qui fut jugée peu catholique par ceux qui s'acharnaient à leur perte. De peccadilles, on fit des crimes, et de faits imaginaires une réalité effroyable.

Laurent fut condamné à être pendu après avoir fait amende honorable devant la porte de la cathédrale et on gracia son père en raison de son grand âge. A peine eus-je appris la monstruosité de ce jugement, que j'entrepris tout ce qui m'était possible pour revoir Laurent. J'imaginais des projets d'évasion, je voulais échanger ma vie contre la sienne. Louison me fit connaître Antonin, premier aide du bourreau de La Rochelle. Il fut ému par mes larmes, et cet homme, dont la fonction aurait pu durcir le cœur, m'avoua l'estime et même l'affection qu'il éprouvait pour Laurent. Quant à me laisser pénétrer dans la prison, il dut bien m'avouer que cela était impensable.

Je profitai de l'absence de mon père pour

aller frapper à la porte de plusieurs conseillers mais partout on me fit savoir que ma requête était irrecevable. Puis je retournai voir Antonin qui me promit de faire parvenir à Laurent la lettre que je lui avais écrite. Le lendemain, l'aide-bourreau me dit qu'un guichetier l'avait remise à Laurent, et qu'après l'avoir lue, il avait murmuré : « Dites-lui qu'il m'est moins dur de mourir que d'être éloigné de Camille. » A ces mots, j'éclatais en pleurs. Quand Antonin voulut essuyer mes larmes, je fis brusquement un pas en arrière comme si le contact de ses mains m'eût été insupportable.

– Ne craignez rien, dit-il avec un bon sourire triste. Ces mains ne tueront pas celui que vous aimez. J'ai annoncé à monsieur de La Rochelle que je le quittais dès aujourd'hui et il a promis de ne rien faire pour me retenir. Je ne voulais pas être l'instrument de votre malheur à vous et à M. Deville.

– Tu vas quitter la ville? demandai-je.

– Oui, mademoiselle.

– Quand?

– Dans quelques jours.

– Je te demande encore une grâce, ne pars pas avant que je ne sois revenue te voir.

Il eut l'air de ne pas très bien comprendre, mais il répondit :

– Bien, mademoiselle, je vous attendrai. Mais ne soyez pas trop longue.

La sentence de mort fut exécutée cinq jours plus tard. La veille, Archibald m'enferma dans ma chambre non sans avoir annoncé que ma mère venait de rendre visite à sa sœur la mère Marie des Anges qui me ferait bientôt la charité de m'accueillir au couvent de la Providence. J'entendis à peine ces propos, j'étais devenue aveugle et sourde à tout ce qui n'était pas ma souffrance. Désormais, il n'y avait plus aucun soulagement à mes peines; j'étais incapable de réciter mes prières jusqu'à la fin. Dieu avait cessé de signifier pour moi espoir et réconfort.

Durant les heures interminables qui précédèrent le moment fatal, j'imaginai quelque cataclysme venant interrompre le cours des événements. Serait-ce un tremblement de terre? un cyclone qui ravagerait nos côtes? Le sol allait-il s'entrouvrir ou le ciel cracher du feu? Si j'avais encore pu prier, j'aurais demandé à Dieu un déluge, une nuée ardente, une épidémie ravageuse ou une de ces fins du monde dont les saints livres ont le secret. Mais Dieu qui n'avait pas répondu à son fils sur le Golgotha laissa mourir à La Rochelle l'innocent qui l'avait pourtant aimé. Ce fut un soir d'été à l'heure de la marée haute, à l'heure où les pêcheurs jettent sur le quai leurs filets pleins de sardines argentées. Plus d'un millier de personnes s'étaient rassemblées sur la place d'Armes parmi les charmes et les ormeaux. N'avaient-ils pas l'habitude de s'y rendre pour allumer les feux de la Saint-Jean et tirer à l'arbalète ou à l'arquebuse le jour de l'Ascension? Etait-ce beaucoup plus grave d'y voir tomber une tête? A la dernière seconde, Laurent cria mon nom, me dit plus tard Antonin. Dieu resta silencieux et je n'étais pas là. Laurent mourut seul.

Quand je fus capable de tenir sur mes jambes, je profitai de la complicité de Louison pour m'enfuir, habillée d'un pourpoint et d'une culotte volés à mon frère. Je trouvai au fond de ses poches une bourse fort bien garnie. Puis je me précipitai chez Antonin qui eut quelques difficultés à me reconnaître dans cet équipage viril.

– Es-tu toujours décidé à quitter la ville? lui demandai-je.

– Je vous ai attendue pour vous dire adieu, répondit-il.

– Non, Antonin, pas pour me dire adieu. Je pars avec toi.

– Mais votre famille...

– Ma famille a tué Laurent.

– Ils vont vous faire rechercher.

– Je suis un homme à présent, les soupçons ne se porteront pas sur moi. Partons vite, Antonin.

– Je suis prêt, mademoiselle.

– Il n'y a plus de mademoiselle.

Nous quittâmes la ville le soir même. Nous marchions la nuit, nous reposant le jour à l'ombre d'une meule de foin ou dans le creux d'un fossé. La souffrance loin de m'abattre décuplait mes forces et Antonin dont la résistance est à la mesure de sa taille s'étonnait de ne jamais me voir demander grâce. Nous nous enfoncions toujours plus avant dans les terres; promeneurs farouches, nous étions emportés par le désir de mettre des milliers de collines et de plaines entre l'océan et nous.

Aux abords de Limoges, notre bourse se trouva vide. Je dis alors à Antonin que nous irions trouver le bourreau de la ville pour lui demander s'il voulait bien faire de nous ses aides. Ma décision était prise, j'apprendrais à tuer selon les bons usages afin de devenir à mon tour bourreau. Ainsi les condamnés que j'exécuterais ne mourraient pas dans l'affreux état d'abandon qu'avait connu l'homme que j'avais aimé.

L'exécuteur de Limoges fut impressionné par la taille gigantesque d'Antonin, d'autant que le bougre lui montra ce qu'il savait faire en cognant de la hache contre le fût d'un chêne. Monsieur de Limoges le prit immédiatement à son service et il me promit de faire appel à moi si un de ses gens le quittait. Forte de cet espoir, j'encourageai Antonin à accepter et j'allais plus modestement me mettre au service d'un prêtre. Pendant les six mois que je fus auprès de lui, le malheureux ne devina jamais qu'il vivait par ma faute en état de péché. Côtoyer à chaque instant une personne du sexe honni, le brave homme en eût rougi jusqu'à la fin des temps!

Je le quittai ensuite pour aller prêter main-forte à Antonin. Le bourreau avait tenu sa promesse et je remplaçai son second aide tombé malade. Antonin m'avait appris le métier et monsieur de Limoges n'eut pas à se plaindre de moi. L'emploi était d'ailleurs une vraie sinécure. Les Limousins ressemblent à leur pays, ils sont gens paisibles et doux, sauf quand les famines meurtrières et les mauvais traitements s'ajoutant à la torture de la taille et de la dîme leur arrachent des cris de désespoir. On se souvient encore près de Limoges de la manière impitoyable dont la révolte des Croquants fut réprimée. Tous ceux qui n'étaient pas morts la tête fendue, la poitrine transpercée ou foulée par les sabots des chevaux, avaient été roués, écartelés, brûlés. Après le carnage, la province resta hébétée de douleur et le bourreau n'eut plus guère l'occasion de se servir de sa hache et de ses cordes.

Chaque année, au jour de la fête de son saint patron, l'exécuteur des Hautes Œuvres réunissait chez lui toute sa famille. Ainsi, venus des quatre points cardinaux, accourait toute l'aristocratie française : monsieur d'Orléans et monsieur de Toulouse, monsieur de Saint-Etienne et monsieur de Grenoble. Limoges devenait pour un temps le Versailles de la potence et du billot. A les écouter, je connus tous les secrets de la justice royale. Entre deux joyeuses libations, j'appris un soir qu'une sorte de malédiction pesait sur les bourreaux de Lyon et que plus personne n'en voulait briguer la charge.

– Laissons Lyon à sa sorcellerie, conclut monsieur de Limoges, nous avons tant d'autres villes pour satisfaire nos besoins. Las de leurs recherches, les échevins lyonnais seront obligés de se rabattre sur un simple rifleur, un écorcheur de bêtes mortes, un équarrisseur bien peu expert en décollation. Notre rang ne nous permet pas de nous abaisser à cela.

Monsieur de Limoges se leva de table et donna le signal des réjouissances. Ils étaient venus avec leurs violons, leurs flûtes et leurs cabrettes, et bourreaux et bourrelles dansèrent toute la nuit.

Dès le lendemain matin, Antonin et moi, nous prîmes la route de Lyon où nous arrivâmes deux mois plus tard.

– Tu connais la suite, Angélique. Mais rentrons, tu vas prendre froid.

8

BIENTÔT LE BRUIT SE REPANDIT DANS LA BONNE VILLE DE LYON...

Bientôt le bruit se répandit dans la bonne ville de Lyon que le bourreau abritait chez lui une femme. Ce fut Antonin qui rapporta ces ragots à Camille et Angélique. Les braves gens étaient indignés, ils avaient espéré que leur jeune exécuteur serait le garant de la moralité publique et ils constataient que la dépravation des mœurs dont les gazettes faisaient état atteignait même ceux qui se devaient d'être irréprochables. Camille trompait la ville avec une gourgandine et la faute d'un archiprêtre ou d'une abbesse eût paru bénigne en regard de celle-là. Passe encore que le Roi vive dans le péché – n'est-ce pas l'affaire de ses confesseurs? – mais que l'âme du sacrificateur cessât d'être pure, voilà qui dépassait les bornes.

Camille soupçonna Mme Filoche, sa logeuse,

d'être à l'origine de ces médisances. La grosse belle qui s'était éprise de Camille dès son arrivée et qui n'avait point été rebutée par la fonction de son locataire, surveillait jalousement les allées et venues dans la rue de l'Enfant-qui-pisse. Elle savait bien qu'Angélique – celle-là à une minute près, elle se balançait au bout d'une corde, et croyez-moi, on ne l'aurait pas pleurée, répétait-elle –, Angélique était donc venue se réfugier chez Camille et elle n'en était pas repartie.

– Croyez-moi, disait encore Mme Filoche au teinturier son voisin, cette catin lui a tourné les sens. Quel dommage, un si beau jeune homme! Personne ne le connaît mieux que moi, et, je peux vous dire que ce n'est pas une femme digne de lui.

Tout d'abord ces racontars amusèrent Camille tant ils étaient en deçà de la vérité. Ensuite, ils l'inquiétèrent. Il fallait faire taire les commérages afin qu'on cessât de fouiller dans sa vie.

– Marions-nous, dit-elle à Angélique.

Curieusement, la jeune femme ne fut pas surprise par cette proposition. Il est vraisemblable qu'elle l'attendait. Peut-être même qu'elle l'espérait.

– Marions-nous, répondit-elle.

Depuis que Camille lui avait raconté toutes ses tribulations, elle se sentait encore plus étroitement unie à sa compagne et le sacrement ne pouvait rien ajouter ni retrancher à l'entente de leurs cœurs. Ainsi fut-il fait et la ville dans une de ses volte-face aussi promptes que prévisibles s'attendrit aux larmes en apprenant la nouvelle. Enfin revenu à la raison et à la morale, l'exécuteur des Hautes Œuvres suivait de nouveau le droit chemin. Si, à Versailles, on cultivait impunément le libertinage, à Lyon du moins l'exemple venait de haut.

A Saint-Nizier, toute blanche de lys et d'arums, la chorale, les orgues et les prêtres accueillirent le jeune couple. Il faut avouer qu'il avait fière allure : Angélique, dans sa robe immaculée, ses yeux de chat à demi clos sur son bonheur et la main posée sur la main gantée de son époux; Camille, vêtue de l'habit à potence et escortée par Antonin et les aides subalternes. Ces messieurs de la Ville étaient venus en nombre saluer le retour à la morale de Camille. On remarquait cependant l'absence totale de famille d'un côté comme de l'autre, mais la parenté du jeune marié ne s'étendait-elle pas à la cité entière?

La seule ombre à ce tableau de l'amour triomphant agenouillé devant la Sainte Table fut l'arrivée aussi inattendue que remarquée de la vieille Nonante et de ses monstres de filles. Quand la Bella et la Donna posèrent leurs énormes séants sur les chaises de Saint-Nizier à l'heure du plus intense recueillement, on eût dit que le sol de la cathédrale allait s'ouvrir sous un tel poids. Quant à la Nonante, elle avait glissé comme un serpent sur les dalles froides de la nef, mais sa seule présence inquiétait la pénombre et nouait la gorge des choristes.

A l'issue de cette édifiante cérémonie, la Nonante alla comme tout un chacun féliciter les jeunes époux.

– Depuis votre arrivée, jeune homme, j'ai l'œil sur vous, dit-elle à Camille, et vous me plaisez bien plus que vous ne sauriez le croire. Continuez ainsi, et ces messieurs de la Ville en auront pour leur argent. (Puis elle ajouta à l'adresse d'Angélique Bouillotte :) Et vous, ma toute belle, souvenez-vous qu'un mari comme celui-là est chose ô combien rare, même s'il ne vous fait pas tous les enfants que vous auriez souhaités.

Les joues d'Angélique s'empourprèrent soudain et sa délicieuse pudeur émut au plus haut point l'assistance. Camille n'avait pas bougé mais son regard s'était durci en plongeant dans celui de la Nonante. Comment réduire au silence la vieille sorcière? Un mot de plus et elles étaient perdues. Angélique serra très fort le bras de Camille.

– Tout doux, tout doux, mes enfants, ajouta encore la vieille, je ne porte malheur que lorsque je le veux bien, et je vous répète que vous me plaisez. Ne craignez rien, allez, et que vos nuits soient tendres comme rosée au printemps!

Elles le furent; du moins, peut-on les imaginer telles puisque chacun ne vit en Angélique et en Camille que le couple le plus uni, le plus émouvant et le mieux assorti de la ville pendant de longs mois. La justice royale en acquit une renommée nouvelle et l'ange exterminateur eut pour un temps le visage de Cupidon.

La Nonante n'avait exprimé à Saint-Nizier que des paroles encourageantes et l'on crut sans mal et avec un soulagement non dissimulé que la vieille sorcière venait de rompre la malédiction qui pesait sur les bourreaux de Lyon. Tout sembla rentrer dans l'ordre à l'instant même où plus rien n'y était. L'apparence n'a-t-elle pas dans les choses de ce monde une vertu auprès de laquelle la vérité fait piètre figure? Au reste, dans l'affaire qui nous intéresse, nous ne pouvons que nous féliciter de l'inconséquence des hommes qui les porte à se laisser tromper pour peu que la tromperie leur soit profitable, car elle permit à nos deux jeunes femmes d'être heureuses ensemble et de prendre une revanche sur un destin qui n'avait guère été généreux jusque-là. Avec la bénédiction des Lyonnais, elles vécurent la félicité d'un grand amour qui aurait pu durer longtemps encore. La vraie passion ne meurt pas si vite quoi qu'en disent les esprits chagrins. Mais hélas, l'heure du repos n'avait pas encore sonné pour Camille et Angélique et de malencontreux événements menacèrent bientôt leur entente.

A la prison, le vieux guichetier qui s'enroulait la tête, été comme hiver, dans un foulard d'un blanc sale, fut emporté en quelques heures par une fièvre maligne. Quelques jours plus tard, son neveu Emile prit sa place. Le nouveau venu habitait la côte des Carmélites dans le quartier de Saint-Vincent et il ne devait guère avoir plus de vingt années. Sa petite taille bien prise, son allure un peu féline et son abondante chevelure sombre le rendaient assez beau. Dans son visage pourtant, il y avait quelque chose de tourmenté; on n'aurait su dire exactement quoi. Etait-ce le front ou le menton proéminent? Ou bien les petits yeux noirs enfoncés sous l'arcade sourcilière? Ou encore la double ride entre ses yeux, étrangement profonde pour un homme si jeune? On le trouvait séduisant mais à la manière de ces rapaces qui fascinent leurs proies pour mieux les tenir à leur merci. Il avait beau afficher une humeur joviale et pacifique assez rare pour un homme exerçant ce genre de fonction, les prisonniers redoutaient son regard de bête continuellement à l'affût.

Désormais, Emile arborait à sa ceinture les clefs de tous les cachots à l'exception de celui où Camille avait exigé de rester seule avec les condamnés avant leur mort. Cette clef-là appartenait à Antonin et il eût été de très mauvais goût qu'Emile osât la revendiquer. D'ailleurs le nouveau guichetier ne tarda pas à manifester son bon sens en cherchant par tous les moyens à se ménager les bonnes grâces du bourreau. Tout Lyon ne chantait-il pas les louanges de son Grand Exécuteur? Emile désirait faire carrière et monsieur de Lyon pouvait être d'un puissant secours.

Il s'appliqua à lui rendre de menus services

mais Camille ne lui répondit que par une indifférence polie. Le bourreau avait depuis longtemps accordé son entière confiance à Antonin et le moment n'était certes pas venu de changer d'attitude. Au reste les aides subalternes n'étaient pas mieux lotis qu'Emile : Camille les tenait scrupuleusement à l'écart de sa vie, tout juste leur permettait-elle d'aller en son nom se servir gratuitement dans les boutiques. De confidences point.

Pourtant Emile ne se découragea pas, il tenta à plusieurs reprises d'inviter chez lui Camille qui refusa de manière fort courtoise, alléguant que la fréquentation du bourreau pouvait porter malheur. Le guichetier eut beau lui assurer qu'il ne croyait en rien ces balivernes et que, quand bien même cela serait, il était prêt à en courir le risque, jamais Camille ne se rendit montée des Carmélites. A dire vrai, l'insistance d'Emile commençait à l'irriter et plus le guichetier se mettait en frais pour la séduire, plus elle affichait de la réserve et de l'indifférence. Antonin et Camille étaient jaloux de leur indépendance et ils entendaient bien que geôliers et questionneurs la respectassent.

Quand Emile perdit l'espoir de se lier d'amitié avec Camille, il attribua son échec à Antonin. N'était-ce pas le géant roux qui prévenait contre lui son maître? Emile n'osait pas l'affronter tant la taille et la force d'Antonin lui en imposaient. Il se contentait de tourner autour de lui comme un moustique agace sa future victime. Si Antonin sortait sa flûte, immédiatement Emile allait et venait en faisant brinquebaler son trousseau de clefs afin que le bruit de ferraille qui se répercutait de muraille en muraille vînt complètement couvrir la chanson du géant. Antonin haussait les épaules, essuyait sa chère flûte d'un revers de main et la repassait dans sa ceinture. Alors le tumulte s'apaisait soudain pour reprendre aussitôt, pour peu qu'Antonin tentât une nouvelle échappée musicale.

Mais Emile n'était pas toujours aussi bruyant. Il savait se couler en silence le long des murs et, l'oreille collée à la paroi rocheuse, guetter sa proie. En peu de temps, il connut tous les secrets des prisonniers dont il surprenait les conversations. Quant à ceux de Camille et d'Antonin, ils lui échappaient. Les deux compères étaient d'une discrétion inouïe qui portait à son comble sa curiosité.

Les jours d'exécution étaient pour lui les plus pénibles. Non qu'il compatît à la souffrance des condamnés – il se moquait bien de leur sort! – mais il lui était insupportable d'être tenu à l'écart des préparatifs. A peine avait-il ouvert le cachot du pauvre bougre qui allait mourir que son travail était terminé. Il avait beau arpenter les couloirs en tous sens, menacer les autres prisonniers et secouer ses clefs comme un tocsin fêlé, Emile sentait bien qu'il était de trop. Le parfum de l'encens, les mots en latin qui bourdonnaient aux alentours de la chapelle, les chuchotements et les sanglots, les bruits de chaînes, le glissement du corps ficelé sur les dalles humides, les cris de ceux qui vivaient encore et à qui on infligeait la question, tout cela le rendait fou d'impatience, de désir et de curiosité. Il était là, à quelques pas du drame qui se jouait sans lui. Il n'en pouvait mais. Il n'en pouvait plus.

Un matin, alors que Camille était enfermée avec le condamné et qu'Antonin jouait de la flûte à quelques pas du cachot dont il gardait l'entrée, Emile laissa la folie l'envahir. Il réussit à se glisser en silence derrière Antonin et à l'assommer d'un coup de massue. Le géant s'évanouit sans proférer le moindre cri et Emile lui arracha sa précieuse clef qu'il fit tourner très lentement dans la serrure du cachot. Il n'y eut pas un seul grincement, une seule plainte, quand la porte s'entrebâilla et Emile resta médusé, la bouche ouverte, les yeux écarquillés. Ce qu'il vit dépassait de très loin ce que son esprit enfiévré avait imaginé. Il crut d'abord que sa raison le trahissait et que le délire allait le terrasser à l'instant même. Il se rejeta en arrière et voulut refermer la porte, mais sa curiosité vainquit ses dernières terreurs, et, la joue contre le chambranle de pierre, il osa enfin affronter le spectacle.

Sur la paille, à même le sol, une jeune femme blonde au corps superbe et entièrement dénudé étreignait le condamné. Qui était-elle? Par quel stratagème avait-elle pu s'introduire ici? Il fallut qu'Emile découvrît, posés par terre, la veste à potence et les autres vêtements du bourreau pour qu'il comprît que la jeune femme dont il ne voyait pas le visage mais dont les gestes témoignaient assez de l'amour qu'elle portait au condamné, n'était autre que Camille. Le bourreau était une femme, une femme somptueuse qui ne découvrait la réalité de son corps qu'à celui qui allait mourir. Ce n'était pas l'aumône d'une étreinte qu'elle lui faisait, elle se donnait tout entière, et, de ce plaisir prodigué, elle n'oubliait pas d'en jouir à son tour. « Plus fort, plus fort », disait-elle et puis aussi : « Tais-toi, tais-toi, je t'en prie. On pourrait nous entendre. » Ses deux belles mains blanches se posaient tendrement sur la bouche dont bientôt ne sortirait plus aucun souffle.

Emile referma la porte en titubant. Il pensait découvrir des horreurs et il avait vu l'incroyable. Que fallait-il faire de ce secret? Ne rien dire pour l'instant, il n'avait pas la force de rassembler ses mots ni ses idées. Simplement, il alla remettre la clef entre les mains d'Antonin toujours évanoui, puis il annonça à la cantonade que l'aide du bourreau avait été victime d'un malaise. Bientôt Antonin s'éveilla sans se souvenir aucunement de ce qui avait pu provoquer sa perte de conscience. Il ne songea qu'à une seule chose : éloigner Emile et les geôliers pour prévenir sa maîtresse du danger qu'elle courait. Il jura que le mal n'était pas grand et que seule une mauvaise digestion lui avait brouillé les esprits. A peine les autres s'étaient-ils éloignés qu'il se précipita à la porte du cachot et joua sur sa flûte le refrain convenu.

Quand les sens d'Emile se furent calmés et que, dans ses yeux éblouis, les pointes de lumière se firent de plus en plus rares, quand enfin la mémoire atténua la surprise, il résolut de se venger de Camille et de son indifférence. Etait-il possible en effet que cette femme froide et distante lui eût refusé le plus petit témoignage d'amitié alors qu'elle n'hésitait pas à se transformer en femelle lubrique pour le bon plaisir des malingreux, des assassins, de ceux qui avaient déjà un pied dans la tombe? Une femme s'était jouée de lui, une démone, une sorcière. N'était-il pas, lui, Emile, plus séduisant que ces loqueteux qui puaient la misère, la faim et l'urine croupie?

A l'heure où toute la ville se dirigeait vers les Terreaux pour assister à l'exécution, Emile se rendit rue de l'Enfant-qui-pisse. Le corps de Camille l'obsédait. Une chair si blanche, si ferme et si fondante. Dans l'obscurité du cachot la lumière soudaine de sa chevelure répandue. Ses bras battant l'air. Ses bras enlaçant le condamné. « Plus fort, plus fort », disait-elle. Ses caresses, sa plainte, son rire. Ses mains bientôt sanglantes étouffant le cri de plaisir du moribond. Emile n'oublierait jamais. Emile balançait entre le désir d'amour et le désir de vengeance. Quand il arriva rue de l'Enfant-qui-pisse, il ne savait pas encore lequel des deux triompherait.

Mme Filoche, le tablier retroussé sur ses grosses jambes et les joues en sueur, lui demanda d'un air menaçant où il allait. La grosse belle boudait les exécutions depuis que son M. Camille avait pris épouse. Elle faisait à présent profession d'ignorer son locataire, mais cette subite indifférence n'était due qu'au dépit et la jalousie lui tordait souvent le cœur.

– Vous ne savez pas qu'il officie aux Terreaux en ce moment même! s'exclama-t-elle en barrant le chemin du guichetier.

– Je le sais. Il m'a prié de venir voir son épouse.

– Son épouse! Son épouse! C'est pour un onguent?

– Non, répondit d'un ton cassant Emile bien décidé à ne pas s'en laisser conter.

– Oh! après tout je m'en moque! conclut Mme Filoche qui vira de bord majestueusement. La voie était libre.

Emile colla son oreille à la porte avant de frapper. Les craquements du plancher, les froissements d'étoffe lui confirmèrent la présence de celle que Camille osait appeler son épouse. Emile n'avait vu qu'une seule fois Angélique, le jour de la promenade sur l'âne, et il se souvenait qu'elle était belle, même sous les injures. Quelle sorte d'être était donc Camille pour à la fois se donner aux condamnés et vivre avec une femme? Ni mâle ni femelle, sans doute. N'était-il pas de la lignée de ces bêtes fabuleuses dont parlent les textes anciens? Quel nouveau mystère allait-il surprendre? Il avait le sentiment de s'aventurer dans une étrange forêt où chaque branchage écarté de la main révélait une chose extraordinaire, incroyable, prodigieuse.

Quand il se décida enfin à frapper, personne ne répondit mais les bruissements cessèrent tout aussitôt. Derrière la porte, quelqu'un s'était immobilisé. Il tapa de plus belle sans obtenir le moindre succès.

– Ouvrez-moi. Je viens de la part de Camille.

Un froissement d'étoffe à peine audible fut la seule réponse.

– Ouvrez-moi. Je sais que vous m'entendez.

Les prières puis les ordres restant sans effet, Emile passa aux menaces sans toutefois élever le ton. Sa voix était étrangement calme. Il savait ses propos beaucoup plus effrayants que n'importe quelle vocifération.

– Prenez garde, Angélique Bouillotte, prenez garde, mon petit, votre silence peut être fatal à Camille. Vous ne voudriez pas la perdre, n'est-ce pas, elle, si belle, si tendre, si accueillante? Vous ne répondez pas, pourtant votre silence risque de la condamner. Vous serez responsable de sa chute, Angélique Bouillotte, de sa chute, vous m'entendez? Le bourreau devenu victime, vous voyez déjà les commentaires des gazettes et le charabarat dans la ville! Puisque je vous dis, Angélique Bouillotte, que je sais tout. Camille n'est pas Camille. Le bourreau s'est moqué de la ville et bien plus encore des sacrements. Méfiez-vous, Angélique, si vous ne voulez pas m'écouter, d'autres tendront l'oreille. Imaginez un peu leurs cris de vengeance. Ils exigeront la mort de la coupable. Ces messieurs de la Ville ne pardonneront jamais l'insulte et le scandale. Le bourreau exécuté! Les bons Lyonnais paieraient très cher, ma toute belle, ce merveilleux spectacle et la Nonante au premier rang, la tête appuyée sur son bâton, serait une fois encore vengée.

Emile avait à peine prononcé cette dernière phrase qu'Angélique toute pâle, ses beaux yeux troublés par la panique, apparut dans l'embrasure de la porte. Elle tremblait de peur. Sans doute s'en fallait-il de peu que les voisins n'eussent entendu les propos du guichetier. Dehors l'orage avait éclaté et la pluie dégoulinait sur la ville en torrents furieux. La nuit en plein jour faisait de chaque maison un tombeau et la panique ruisselait dans la cage d'escalier.

– Vite, entrez, dit-elle.

De l'atelier sous les combles, un apprenti descendait avec un baquet plein d'eau sale et Angélique eut tout juste le temps de refermer la porte derrière le guichetier. Depuis l'échafaud, jamais elle n'avait ressenti une telle frayeur.

– Très joli, très joli, dit Emile dont le regard se portait tour à tour sur le mobilier et sur la pauvre enfant apeurée. Monsieur de Lyon vit dans le luxe. Un vrai nid, bien digne en effet d'abriter de si ravissantes colombes!

– Que me voulez-vous, monsieur? interrogea Angélique en faisant signe au visiteur de s'asseoir.

– Ce que je veux? Mais vous voir, m'entretenir avec vous. Vous n'auriez pas le cœur, cruelle, à me laisser repartir sous l'orage, n'est-ce pas? (Et, comme Angélique se taisait, il ajouta avec une politesse affectée :) Vous ne me demandez pas, belle dame, comment j'ai pu percer à jour vos secrets? Je vois bien là une marque évidente de votre sagesse. L'important n'est-il pas en définitive la manière dont j'utiliserai ces nouvelles connaissances et non celle qui m'a permis de les acquérir?

– Combien voulez-vous? interrompit brusquement Angélique.

– Tout doux, tout doux. Me prenez-vous pour une âme cupide? L'or n'est pas tout en ce monde, Angélique. Angélique Bouillotte, épouse Laubreçay, c'est bien cela, n'est-ce pas?

La rue de l'Enfant-qui-pisse ne portait jamais mieux son nom que sous l'orage. Mais quelle vessie pour un jeune enfant! Les eaux dégoulinaient de toutes parts et chaque gargouille crachait des cataractes dans un bruit d'enfer. Les vieilles pierres vomissaient leur crasse. Les canuts jetaient par les fenêtres des soupentes les eaux récupérées sous les fissures des toits qui s'en allaient grossir le fleuve puant dont la source principale se situait chez le teinturier. On eût dit que Dieu commençait la grande lessive de l'Apocalypse.

– Avez-vous peur de l'orage, Angélique?

– Non, pas de l'orage, mais de vous. Pourquoi êtes-vous venu?

– Ne soyez pas nerveuse ni pressée. Je ne repartirai pas avant la fin de l'orage, alors mieux vaut prendre votre mal en patience, ma douce.

– Si Camille arrive, il vous chassera.

– Je vous en prie, Angélique, répondit Emile avec un rire qui gonfla sa gorge, rosit ses joues et secoua jusqu'au fouillis de ses boucles brunes. (On eût dit un faune s'ébrouant sous la pluie, à cela près qu'il lui manquait des sabots de chèvre.) Non, non, Angélique, inutile de jouer au plus fin avec moi. Qui voulez-vous abuser? Puisque je vous dis que je sais, que je sais tout. « Monsieur » de Lyon est une femme, une femme à la peau blanche, plus jolie que les cailloux du torrent, une femme qui se vautre sur la paille des cachots avec toute la racaille de la terre et qui enflamme comme une mèche d'étoupe le corps des condamnés.

Instinctivement Angélique balaya la pièce du regard, se retournant même à plusieurs reprises de crainte que les propos d'Emile ne fussent entendus par quelque oreille indiscrète, crainte sans fondement d'ailleurs puisque la jeune femme avait bien pris le soin de refermer la porte derrière le guichetier et que le bruit du tonnerre ajouté à celui du ruissellement garantissait le secret des conversations.

– Taisez-vous, taisez-vous, je vous en supplie, dit-elle enfin, la voix brisée et le regard éperdu.

Le sang s'était retiré de son visage et ses yeux piquetés de jaune et de vert brillaient dans le malheur comme ceux des chats dans l'obscurité. La souffrance ou la détresse la rendait plus belle encore comme si une fée malveillante l'eût vouée dès sa naissance à toutes les infortunes.

– Taisez-vous, vous me faites mal, soupira-t-elle.

– Je comprends, répondit-il, que les trahisons de votre amie vous bouleversent. Camille a trompé la ville entière, comment pouviez-vous espérer qu'elle en usât autrement avec vous?

– Camille ne m'a jamais menti.

C'était la première fois depuis des mois et des mois qu'Angélique était seule avec un homme, la première fois aussi que cette paix si chèrement acquise et qu'elle devait à la tendresse de son amie était menacée. Avec Emile, les souvenirs de sa vie antérieure s'engouffraient par effraction dans ce monde qu'elle avait voulu clore sur son bonheur. Voilà que, derrière le petit jeune homme aux yeux perçants, se faufilaient les Antoine, les Argence et tous les beaux messieurs des temps qu'elle avait crus révolus. Ils allaient de nouveau l'étourdir de mensonges et rire de sa naïveté. Elle voyait leurs mains sur sa peau, leurs gestes pressés, et leurs dos, leurs épaules, leurs nuques quand ils disaient au revoir. Elle se souvenait de sa frayeur à leur arrivée, de son désespoir à leur départ. Un mot d'Emile et Camille serait perdue. Un mot d'Emile et pour elle tout recommencerait avec d'autres Antoine, d'autres Argence.

– N'êtes-vous pas lasse, Angélique, de votre prison?

Emile s'était levé, et, à pas feutrés, comme un animal se glisse jusqu'à sa proie, il était venu se tapir près d'Angélique. Dehors, l'orage n'en finissait pas de craquer et de drainer vers ses rigoles la crasse déposée par les ans. Les murs tremblaient sous le choc et menaçaient de s'ouvrir à la tourmente.

Le malheur qui avait oublié Angélique quelques mois était venu derechef la visiter. Emile savait. Peu importait la manière dont il avait surpris leur secret, une seule chose terrorisait la jeune femme : Emile pouvait à tout moment les perdre. Le sort de Camille et d'Angélique était entre ses mains. Il fallait obtenir son silence et épargner à Camille de nouvelles inquiétudes. Alors, comme on va au martyre, la gorge serrée et le cœur plein de son Dieu, la nouvelle Blandine troussa ses blancs jupons sur ses jambes, et, d'un air de défi qui lui seyait à ravir, elle dit :

– Je suis à vous, monsieur. Mais faites vite. Monsieur l'Exécuteur peut rentrer d'un instant à l'autre avec ses aides. Prenez donc la peine si cela vous plaît.

Emile recula d'un pas. Pourtant, il faut bien avouer que le spectacle offert était en tous points charmant. Les jambes étaient fermes, bien dessinées, et la chair promettait de fondre sous les lèvres. Dans le tabernacle de ses cotillons immaculés, la tendre enfant possédait des trésors dignes de satisfaire les élans d'un pape et il eût été irrévérencieux qu'un simple guichetier osât faire le difficile.

Si Emile battit tout d'abord en retraite, seule la surprise en fut cause et, peut-être, une sorte d'éblouissement. On ne regarde pas le soleil en face et la beauté d'Angélique était à son zénith. Il faut ajouter que dans le regard de la jeune femme se lisait un tel mépris qu'un être un peu moins ignorant qu'Emile en eût été blessé à mort. Mais notre guichetier dont les sens avaient été déjà fort ébranlés par les événements du jour et la furie de l'orage ne demandait qu'à conclure au plus vite. Ce qui fut fait en un tournemain. De la retraite, il passa à l'assaut. Dans ce combat qui viola les préceptes de l'art, ce ne fut pas l'assiégée qui capitula.

Se rhabillant – toujours à la hâte – Emile promit même de se taire et de revenir sans qu'Angélique ne lui eût rien demandé.

– Je vous rendrai heureuse, ma douce.

– Je sais, je sais, mon ami, laissa-t-elle tomber d'un air indifférent. L'orage s'est éloigné, n'est-ce pas, vous pouvez partir sans crainte.

– A bientôt, donc.

– C'est cela, à bientôt.

Le séducteur, ou, si vous voulez bien, le maître chanteur – mais peut-être préférez-vous que je le nomme plus justement « triste sire » – enfin et en un mot : le guichetier, eh bien, le guichetier comme il fallait s'y attendre tint sa promesse et, les jours suivants, dès que Camille s'absentait du logis, il courait rejoindre

Angélique. Celle-ci l'accueillait sans empressement excessif comme il vous est aisé de l'imaginer. Mais la pauvre enfant, qui n'avait d'autre monnaie d'échange que son corps, devait se résoudre à faire l'aumône de ses caresses avec l'entrain d'une bigote.

Notre séducteur qui connaissait peu de chose à la galanterie se disait satisfait de ces balbutiements amoureux qui auraient fait sourire un libertin. Notez bien que le libertin aurait eu tort car, si Angélique donnait peu de chose, son corps était déjà la plus belle offrande à laquelle pût prétendre un balourd tel qu'Emile. Il faut ajouter à cela que le guichetier n'avait pas oublié Camille métamorphosée en femme et que cette vision venait à l'heure des étreintes donner encore plus de prix au corps de la charmante Angélique.

A dire vrai, l'esprit obtus d'Emile était enfiévré par toutes ces images qu'aucun rêve n'aurait osé lui suggérer et, par instants, la pression de ses veines sur ses tempes devenait si forte qu'il craignait de sombrer dans la folie. C'en était trop pour lui qui ignorait quelques jours plus tôt que de telles choses pouvaient exister. Il lui fallait maintenant les envisager sans cesse. Il voyait tour à tour Camille sur la paille du cachot, étouffant de son amour le condamné aux pieds et aux mains liés, puis il imaginait la même Camille enlaçant comme une démone insatiable, une succube assoiffée, la petite Angélique. Il ne songeait plus à se venger ni à vendre au plus offrant le secret prodigieux des deux femmes. Il ne songeait qu'à se précipiter rue de l'Enfant-qui-pisse et à soulager en un rapide embrasement la tension intolérable de son être.

Bien sûr, Angélique n'avait rien dit à Camille. La dissimulation lui pesait, mais Angélique voulait à tout prix, et le prix en l'occurrence était élevé, éviter à son amie des tourments inutiles. D'ailleurs, une fois le premier dégoût surmonté, l'épreuve, quasi quotidienne, cessa de lui paraître intolérable. Jusque-là, elle avait eu le sentiment de tout devoir à son amie; à présent, par elle ne savait quelle équité naturelle, elle avait le pouvoir de la soulager d'une part de son fardeau et de protéger en secret sa tranquillité. Evidemment, elle ne s'abandonnait pas sans répugnance aux étreintes d'un homme qui ne la tenait à sa merci que par la menace. Elle savait trop depuis qu'elle vivait avec Camille ce que signifiait l'amour pour ne pas souffrir de participer à son simulacre. Mais n'avait-elle pas réussi auparavant à traverser tous les malheurs en préservant son innocence? De même, à présent, son être véritable n'était en rien atteint par cette nouvelle épreuve. Il lui arrivait pourtant de s'interroger sur la durée de l'aventure. Combien de temps encore faudrait-il payer de la sorte le silence d'Emile? Le supplice aurait-il une fin? Et si le guichetier devenait exigeant, à quelle fâcheuse extrémité serait-elle poussée?

Quand elle rentrait au logis, chaque soir Camille retrouvait Angélique plus aimante et plus douce que jamais. Une seule chose inquiétait la jeune femme : Angélique avait depuis quelques semaines le sommeil agité comme si d'anciens fantômes venaient la tourmenter. Parfois, du plus profond de ses rêves, son amie poussait des cris de terreur et Camille cherchait en vain la cause de son angoisse. Elle crut d'abord que la lecture pouvait être à l'origine de ces troubles et Camille vérifia quels étaient les livres dont la compagnie plaisait à Angélique. Ils ne comportaient rien qui pût inquiéter une âme sensible et il lui parut vain de les incriminer. Elle pensa ensuite que l'ennui était susceptible de peupler les nuits et les jours d'Angélique d'affreux cauchemars.

– La société te manque-t-elle? interrogea Camille.

– Non, mon amie. Je voudrais n'avoir jamais eu d'autre société que la vôtre, répondit Angélique en rougissant à peine. Ne parlons plus de cela, je vous prie, car il me serait tout aussi intolérable d'être un souci pour vous que de ne plus vous voir.

– Tu m'aimes donc, Angélique?

– Faites-moi la grâce de n'en jamais douter.

Les choses auraient pu en rester là si, un matin, Camille n'avait croisé sur le Pont de Pierre la Nonante et ses deux inséparables filles.

– Quel beau jour, monsieur de Lyon, dit la vieille avec sa curieuse habitude de souligner de la voix le mot « monsieur ».

– Quel beau jour en effet, chère dame, répondit Camille d'un air aimable. Depuis leur première rencontre au Café Grand, le soir où Camille venait de recevoir ses lettres patentes, entre le bourreau et la sorcière, la courtoisie était de règle.

– Comment se porte votre charmante épouse? interrogea la vieille avec un sourire édenté qui semblait toujours en dire infiniment plus que ses mots.

– Du mieux possible, répondit Camille pressée d'en finir avec la vieille et ses deux monstres sans pour cela faillir à la politesse.

– Vraiment? J'en suis bien aise, voyez-vous, car on murmure en ville que l'épouse du bourreau ne saurait longtemps encore supporter sa prison. Certains même assurent que le logis de la belle se serait repeuplé. Pures médisances, bien sûr, que je ne suis pas mécontente de vous traiter comme telles.

La Donna et la Bella étouffèrent leurs rires dans leurs mains potelées.

– Est-ce tout, chère dame? demanda encore Camille d'un air aussi affable qu'ironique.

– Vous le prenez de haut, ce me semble, répliqua la Nonante en donnant un bon coup de coude à chacune de ses filles afin de les rappeler aux règles de la bienséance. Vous avez tort, mon bon monsieur, chacun sait que la morgue n'est pas de mise montée du Gourguillon. A une autre fois, monsieur de Lyon, et ne manquez surtout pas de dire à votre épouse tout l'intérêt que je lui porte.

Mme Filoche avait-elle surpris les allées et venues d'Emile et colporté la bonne nouvelle de boutique en échoppe? Ou bien, de son perchoir du Gourguillon la Nonante possédait-elle le don de surprendre les plus secrets accouplements de la bonne gent lyonnaise? Toujours est-il que la vieille semblait en savoir long, bien plus long encore qu'elle ne l'avouait. Camille eut beau se répéter qu'il serait ridicule de se laisser atteindre par les ragots d'une vieille sorcière, le poison de la Nonante s'insinua vaille que vaille dans ses veines.

Le soir même, elle regarda son amie d'un air soupçonneux comme si la pauvre enfant avait cessé de lui paraître transparente. Elle crut découvrir au fond de ses yeux un reflet qu'elle ne connaissait pas et qui renforça son inquiétude.

– Tu ne me caches rien, n'est-ce pas, Angélique?

Pour toute réponse, Angélique vint s'accroupir aux pieds de Camille et, avec candeur, elle posa sa tête sur les genoux de son amie ainsi qu'elle l'avait fait pour la première fois la nuit où la marquise l'avait contrainte à découvrir sa nuque devant monsieur de Lyon.

– Je crois, Angélique, poursuivit Camille, je crois que je préférerais perdre ton amour, ta présence, ta beauté, ta douceur, ta tendresse, mon amie, ma très chère amie, plutôt que...

– Camille, de quoi parles-tu donc? l'interrompit Angélique dont les jolis sourcils froncés lui donnaient l'air d'une enfant en pénitence.

Camille ne put s'empêcher de sourire devant tant d'ingénuité.

– Sais-tu mentir, Angélique?

– Si tu me le demandais, je le ferais mieux que quiconque car ton amour est mon seul maître.

– Mais je ne t'ai rien demandé, répliqua soudain Camille d'une voix brisée par l'inquiétude.

– Je ne dis pas cela, je dis seulement qu'il n'est rien que tu ne puisses me demander sans que j'y souscrive aussitôt.

Angélique levait vers son amie son petit visage docile, mais Camille demeurait perplexe. Etait-il possible que la tromperie se glissât entre deux femmes? Quelle signification avait-elle alors? Elle plongeait son regard dans celui d'Angélique. L'horrible mensonge brillait-il au fond du puits? Quelles mains, quelles lèvres, avaient-elles effleuré ce cou si flexible et si fin autour duquel les cordes s'étaient déjà enroulées une fois?

– Tu es belle, dit Camille en faisant de ses deux mains un collier non moins dangereux que celui dont Vénus pare ses amantes, et elle serra le tendre cou de sa captive juste assez pour qu'un premier étouffement secouât le corps entier d'Angélique, alors Camille relâcha son étreinte.

– Je te conjure de ne jamais me mentir. Quand tu ne m'aimeras plus, il faudra, Angélique, oser me le dire.

– Pourquoi parler de ce qui ne sera jamais?

interrogea la pauvre enfant dont les pleurs étaient une arme infiniment plus convaincante que les mots.

Il est à noter que jamais il ne vint à l'esprit de Camille tout au long de cette déplorable scène de ménage qui fit soudain de ces deux femmes un couple somme toute assez banal, que les hypothétiques infidélités d'Angélique pouvaient fort bien contrebalancer le fait qu'elle-même éprouvait de l'amour pour les condamnés. Le bourreau n'avait pas le sentiment de retirer à Angélique ce qu'elle offrait aux moribonds. Le viatique n'est pas de l'ordre de la concupiscence. A cela il faut ajouter que Camille n'avait jamais caché à son amie la manière dont elle concevait l'exercice de sa fonction. Angélique savait et Angélique respectait le culte voué à la mémoire de Laurent.

Il y eut encore quelques jours sans histoires. Un mois de juin d'une qualité très rare baignait Lyon d'une lumière florentine. La Saône brillait à midi comme un plat d'argent, les maisons de la presqu'île rosissaient au crépuscule et très tard on allait goûter le serein sous les tilleuls de la place Bellecour. Pour douze sous le dimanche, on se rendait en fiacre aux Brotteaux voir les saltimbanques et acheter des douceurs. Chaque Lyonnais voulait profiter de ce temps béni qui rendait l'âme et le corps plus légers que les oisillons nés au printemps, bientôt viendraient les orages et le charme serait rompu.

Il n'y avait plus aucun condamné à mort dans les prisons de la ville et la clémence du ciel semblait enfin s'accorder à celle des hommes. Antonin et Camille profitèrent de ce répit pour faire des emplettes chez le cordier et le charpentier. Il fallait un matériel en parfait état et Antonin, les mains posées à plat sur son tablier de cuir fauve, donnait des ordres précis entre deux petits airs de flûte. Il arrivait à présent que Camille fût agacée par ces refrains continuels. Elle avait beau se dire qu'ils étaient le langage véritable d'Antonin, la musique jouait sur ses nerfs et semblait accompagner de ses notes aiguës l'inévitable progression du doute. Peu à peu, le poison de la Nonante avait envahi tout son corps et si Camille ne laissait rien paraître de ses tourments, la torture était encore plus pénible de devoir être tenue secrète.

Le grand charabarat avait envahi la place des Terreaux et, dans le fumet d'un crottin tout chaud, les enchères grimpaient vers d'inaccessibles sommets. Les acheteurs en venaient souvent aux mains et les pots de beaujolais qui leur mettaient le vermillon aux joues n'arrivaient pas toujours à apaiser leur hargne. A l'excitation des hommes répondait le calme des bêtes. Les juments suitées entraient en lice au rythme solennel de la pavane tandis que leurs jeunes poulains préféraient la cadence à trois temps de la courante. Tout ce beau monde hennissait de plaisir dans la chaleur douce du matin et les dames de Saint-Pierre sentaient monter jusqu'au saint lieu de leurs offrandes l'odeur du fumier, le bruit des sabots et la tiédeur de la vie.

Antonin n'était jamais aussi heureux qu'au cœur de ce remue-ménage. Il aimait se frayer un chemin entre les flancs humides des pouliches. Pourtant aujourd'hui, il n'était pas venu en flâneur mais dans un but fort simple : acheter un âne pour remplacer celui qui avait eu l'honneur d'accompagner Angélique de la prison jusqu'à l'échafaud, et qui donnait des signes de fatigue. Antonin redevenait paysan et marchandait comme un vieux sage. Quant à Camille, le charabarat ne la distrayait pas de ses tourments.

– Je te fais confiance, dit-elle enfin à son valet. Mise sur la meilleure bête et rejoins-moi à la maison. Je crois que je ne me sens pas très bien.

– Je vous accompagne, répondit tout aussitôt Antonin.

– Non, il me faut cet âne. Prends bien ton temps, la mort n'a pas besoin de nous aujourd'hui.

A peine Camille eut-elle planté là son fidèle Antonin, qu'elle se mit à courir dans la direction de la rue, de la chère rue de l'Enfant-qui-pisse et de la trop aimée Angélique. C'était merveille de voir monsieur de Lyon fort élégamment vêtu et perruqué jouer des coudes pour se frayer un passage parmi une foule unanimement amourachée de poulains, de pouliches et d'étalons. Certains le reconnaissaient et reculaient d'un pas afin d'éviter le frôlement de ses mains gantées, d'autres plus ignorants ou tout juste débarqués de leur campagne s'étonnaient de ce qu'un homme aussi jeune et aussi charmant pût inspirer un tel respect et une telle crainte. Dans son sillage naissaient des chuchotements mais Camille n'en avait cure, son esprit et son cœur n'étaient occupés que d'Angélique, une houle de tendresse, de douleur et de désirs venait battre contre ses tempes.

A cet instant-là, Camille n'aurait pas hésité à tirer son épée du fourreau si un importun avait osé retarder sa course. Sans comprendre pourquoi, elle avait le sentiment que toute sa vie dépendait de la rapidité avec laquelle elle regagnerait son logis. Angélique était-elle en danger? Camille l'ignorait, elle savait seulement que jamais une autre femme ne lui inspirerait autant de tendresse et de passion, que jamais un autre corps ne se dénuderait devant elle avec autant d'innocence et d'impudeur. Se pouvait-il que chaque être aimé lui fût arraché? D'où venaient donc ces chevaux du hasard qui menaçaient de l'écarteler aussi sauvagement que le pauvre Damien?

Ce fut dans ce curieux désordre de sentiments que Camille arriva rue de l'Enfant-qui-pisse où ce qu'elle allait découvrir n'était certes pas fait pour l'apaiser. En apercevant son monsieur Camille pour lequel il lui arrivait encore de brûler en secret, Mme Filoche laissa tomber sur ses charentaises le contenu de sa bassine et tout le sang de la grosse belle se retira de ses joues.

– Monsieur Camille, monsieur Camille... bafouilla-t-elle en barrant de son corps, potelé jusqu'à la démesure et bien plus encore, l'entrée du couloir.

– Pardonnez-moi, madame Filoche, je n'ai pas de temps à perdre, répondit Camille prête à tailler dans la chair vive.

– Mais écoutez-moi, monsieur Camille, et souvenez-vous que je fus la première à vous accueillir ici. Dieu que vous étiez beau, un vrai tendron! Pas un poil sur les joues, pas un seul au menton! Monsieur Camille, je vous ai aimé du premier regard et j'ai tâché moyen de vous conserver mon amour quand vous êtes devenu ce que vous êtes, Dieu m'est témoin...

– Silence, madame Filoche, ou bien je vous fais taire par la force.

– Vous l'aurez voulu, s'écria-t-elle alors, tandis que tout le sang lui refluait au visage. Vous l'aurez voulu et, croyez-moi, nous allons bien nous amuser!

Son rire cascada de ses lèvres jusqu'à son ventre tandis que tous les feux de la vengeance étincelaient dans son regard. Mme Filoche s'était accotée au mur du couloir pour laisser passer Camille.

– Faites-moi signe, mon beau monsieur, des fois que le spectacle en vaille la peine! glapit-elle encore entre deux rires.

Il en valait la peine, hélas, pauvre Camille! Elle n'avait pas plutôt tourné la clef dans la serrure que ce qu'elle vit lui fit perdre la raison. Il faut croire que les exclamations de Mme Filoche n'avaient pas donné l'alerte dans les étages car ni Emile ni Angélique ne semblaient de toute évidence attendre la venue de Camille. Leur surprise égala sa rage. Angélique n'était vêtue que d'une chemise de linon qui laissait entrevoir la pointe de ses seins et la cambrure de sa taille. L'étoffe était beaucoup moins blanche que les joues de la tendre enfant dont le sang venait de se retirer.

– Camille! Camille! avait-elle crié sur le ton de l'épouvante, la bouche et les yeux arrondis de stupeur, puis elle avait tenté de retenir ses bas dont les jarretières étaient dénouées et qui pendaient sur ses chevilles découvrant toute la pâleur et la finesse de ses jambes. Mais la pauvre enfant eut tôt fait de comprendre que cette position n'offrait à sa pudeur que des satisfactions bien dérisoires; en effet, si elle parvenait en cramponnant de chaque main un de ses bas à dissimuler, non sans mal, la courbe de son mollet et la rondeur de sa cuisse, en revanche la posture avait l'inconvénient de faire jaillir au-dessous de la chemise une belle croupe bien ferme dont l'arrogance était quelque peu déplacée. Fallait-il cacher les jambes? Fallait-il préserver le tabernacle?

Quant à Emile, il rajustait ses vêtements et reculait prudemment de deux pas. Camille se taisait mais son regard n'avait besoin d'aucun truchement pour s'exprimer. C'en était trop. Angélique fit un dernier effort pour dissimuler l'indécence de sa parure, puis elle s'évanouit fort à propos.

Emile avait beaucoup perdu de sa superbe. Lui, dont les petits yeux perçants avaient subjugué bien des victimes, face à la colère de monsieur de Lyon était redevenu un petit guichetier rasant les murs. La soudaineté de l'attaque lui faisait perdre la tête. A peine savait-il encore qui il allait devoir affronter. Une femme? Un homme? Un bourreau? Un monstre? Cette incertitude le rendait stupide et pour un peu il se serait caché derrière le fauteuil d'autant que Camille avait tiré son épée et que la colère qui se lisait sur son visage pouvait tout laisser craindre. La diablesse ne ferait pas de quartier et le maître chanteur dont les ambitions semblaient bien supérieures aux talents en oubliait tous les arguments qui lui auraient permis une défense efficace. Un mot d'Emile et Camille eût compris à quel danger elle s'exposait en combattant le guichetier. Un seul mot et elle eût tremblé que son secret ne fût découvert. Couardise ou circonspection? Emile se tut et son silence lui évita peut-être de se faire larder ainsi qu'une pièce de bœuf.

Camille était devant lui encore embellie par la fureur et le misérable guichetier ne trouvait d'autre parade que la fuite. Il est à parier d'ailleurs qu'il se serait volontiers servi du corps d'Angélique comme d'un bouclier si celle-ci n'avait été allongée au beau milieu de la pièce dans le désordre de ses dentelles. Malgré la rage qui la possédait, Camille se refusa un triomphe trop facile sur un ennemi sans arme; aussi se débarrassa-t-elle de son épée qu'elle jeta de toutes ses forces sur la cheminée de marbre blanc. Quelques figurines de porcelaine furent emportées dans la tourmente et la glace du trumeau se brisa. D'amont en aval, la rue de l'Enfant-qui-pisse résonna tout entière d'un prodigieux fracas de métal et de verre puis, dans le calme revenu, il n'y eut plus que le halètement de deux êtres qui luttent.

Camille et Emile étaient d'une égale agilité et ils avaient en commun de mépriser les règles de l'art. Mais peut-on encore parler d'art quand il ne s'agit en réalité que de faire mordre la poussière à son ennemi? Camille avait l'avantage de l'assaillant et la passion multipliait ses ressources. Quant à Emile, ce corps à corps avec un monstre au sexe indéfini le remplissait de terreur. La ruse et les complots eussent mieux convenu à sa nature. Ajoutez à cela que le malheureux avait dû passer en un tournemain du plus délicieux déduit aux affres du combat. Un caractère autrement trempé n'y eût pas résisté. Aussi Emile reçut-il beaucoup plus de coups qu'il n'en donna. En quelques minutes, son déficit fut tel qu'il ne songea même pas à dresser le compte de ses pertes et à en demander réparation. Tout juste obtint-il d'échapper un instant à la vigilance de son adversaire, et de se précipiter vers la porte que Camille n'avait pas pris soin de refermer. Quelques projectiles de formes et de matières diverses sifflèrent encore à ses oreilles; la porcelaine, le verre et le métal s'entrechoquèrent dans l'escalier. Emile dévalait les marches quatre à quatre. Dans la rue de l'Enfant-qui-pisse, il sut enfin que son pourpoint était hors d'usage mais que lui-même en était quitte pour la peur.

Là-haut, Camille considérait avec horreur l'appartement dévasté. Une des vitres était brisée, des fruits écrasés jonchaient le parquet, un guéridon était renversé au beau milieu des éclats de verre et des lambeaux de vêtements. Et, dans ce pêle-mêle étrange, l'objet du délit avait été seul épargné : Angélique immobile et muette semblait avoir eu la suprême élégance de ne rien voir de tous ces débordements.

Camille s'agenouilla près d'elle. A cet instant-là, la tendresse fit taire sa jalousie et sa colère. Elle revoyait Angélique telle qu'on l'avait jetée dans le cachot juste avant ce qui devait être son exécution et elle était presque étonnée que les poignets et les chevilles de son amie ne fussent pas chargés de cordes. En un éclair, elle revécut leurs moments de bonheur. Souvent ce beau visage aux boucles brunes s'était posé entre ses cuisses et souvent elle l'avait bercé du balancement de ses jambes en fredonnant quelque vieux refrain. Etait-ce possible, mon Dieu! Etait-ce possible de tenir au creux de soi le bonheur, l'amour, la confiance et le désir, et de se réveiller, un matin en tout point pareil aux autres, les mains vides et le cœur brisé comme le trumeau de la cheminée?

La trahison, la trahison grise et sournoise avait volé à l'être aimé son beau visage de paix et de tendresse. Etait-ce possible enfin que la félicité et la souffrance fussent logées si près l'une de l'autre?

Quelques petites gifles suffirent à redonner vie à la belle, mais Camille ne s'en trouva pas apaisée pour autant. Bien au contraire, quand elle vit rosir les joues d'Angélique et frissonner ses paupières, quand ses lèvres remuèrent et qu'à une plainte inarticulée succéda un mot, quand enfin ses yeux furent grands ouverts et qu'elle prononça le nom de Camille comme un enfant réclame sa mère, de nouveau la colère submergea Camille. C'étaient donc ces yeux innocents, cette bouche aux contours si purs, cette peau à la blancheur innocente, c'était donc cette Angélique si petite, si fragile, si démunie et si naïve, qui mentait et qui trahissait, qui jurait un amour éternel et qui n'était en fait que duplicité et hypocrisie. Qui croire en ce monde si Angélique mentait? Camille découvrait avec effarement que jamais plus elle ne goûterait aux plaisirs inouïs, toutes impudeurs et douceurs mêlées, qu'elle avait connus dans les bras d'Angélique.

– Camille, Camille, supplia Angélique à plusieurs reprises et le son de sa voix raviva encore la colère de Camille. La pauvre enfant n'avait plus besoin d'aide pour recouvrer ses esprits mais Camille continuait à la gifler de plus en plus fort comme si chaque coup faisait rebondir sa fureur. C'était contre le doute, contre le mensonge, contre la jalousie, c'était contre elle-même que Camille se battait. Elle avait souhaité un amour qui ne fût pas à la mesure humaine et elle se conduisait comme un amant trompé. Le dégoût soudain la submergea.

– Emile savait tout et il voulait nous perdre, murmura Angélique entre deux cris.

– Tu oses encore mentir!

– Je te jure qu'il savait et je croyais bien faire en achetant son silence.

– Tu n'as pas trouvé d'autre monnaie?

– J'aurais tout donné, Camille, pour t'éviter des tourments. Mais je ne possède rien. Je ne l'aime pas, je ne l'ai jamais aimé.

Camille avait enfin cessé de la gifler et, la tenant par les épaules, elle la secouait de toutes ses forces.

– Pourquoi ne m'as-tu rien dit?

– Pour t'éviter des tracas.

– Belle réussite!

Soudain, de la rue de l'Enfant-qui-pisse monta une clameur. Camille laissa choir Angélique dans le fauteuil et se précipita à la fenêtre. Autour de Mme Filoche, rouge et inébranlable comme le fanal dans la tempête, une foule s'était massée : le teinturier, le grainetier, tous les boutiquiers de la rue ainsi que leurs voisins proches ou plus lointains descendus de leurs étages avec toute leur maisonnée, une nuée de bambins, cinq ou six affaneurs chargés comme des ânes, trois moines en promenade, deux chiens errants, une fille de mauvaise vie et quelques gobe-mouches de tout sexe et de tout âge. Tout l'auguste aréopage de s'exclamer à qui mieux mieux, les yeux levés vers la fenêtre où venait d'apparaître Camille. Des quolibets fusaient à son adresse, mais très vite le tumulte s'apaisa comme si la présence du bourreau faisait passer un frisson parmi la foule. Bientôt il n'y eut plus que des bouches ouvertes et silencieuses, des regards inquiets et étonnés. A les voir, on eût pu penser qu'ils venaient d'assister, hébétés, à quelque spectacle imprévu. Une éclipse de soleil ne les eût pas troublés davantage.

Les plus intrépides tentaient de se frayer un chemin jusqu'à Mme Filoche pour l'interroger à voix basse. D'un haussement d'épaules, elle imposait silence aux importuns, tandis que sur ses lèvres s'épanouissait très lentement un sourire vengeur.

– Le spectacle en vaut-il la peine, monsieur de Lyon? ironisa-t-elle devant la foule admirative.

Elle avait osé! Les bonnes gens de la rue de l'Enfant-qui-pisse ne savaient pas très bien à quoi la grosse belle faisait allusion. Ils savaient seulement qu'elle avait parlé sur le ton de l'invective et qu'il fallait bien plus que de la bravoure pour s'adresser ainsi au bourreau. Camille se tut et Mme Filoche ne poursuivit pas sa harangue.

Pendant ce temps, Angélique dont l'art des convalescences n'était plus à prouver avait bondi de son fauteuil, et, tout juste vêtue de sa fine chemise de linon, s'apprêtait à fuir la colère de Camille.

– Où vas-tu? s'écria celle-ci en la retenant par le bras.

– Je ne sais pas.

– Tu vas le rejoindre?

Angélique ne répondit pas. Sa lèvre supérieure saignait et dans son regard se lisaient la même tristesse et la même soumission que le jour de la promenade sur l'âne. Camille alla chercher les vêtements de son amie et, comme ce jour-là aussi, elle les lui tendit.

– Voilà, tu peux partir maintenant, dit-elle.

– Je ne veux pas te quitter. Je t'aime, Camille. Je t'aime. Pourquoi as-tu douté de moi?

– Comment ne pas douter?

La colère de Camille avait disparu, remplacée par une profonde lassitude. Elle ajouta seulement :

– Je ne doute pas, je sais et je regrette de ne plus ignorer mon infortune.

Elle essuyait avec son mouchoir la lèvre meurtrie de son amie. Combien en avait-elle tenu entre ses mains de ces visages boursouflés par le désespoir, la peur et les coups? Combien de larmes avaient coulé de ces paupières tuméfiées? Elle revoyait tous ces pailleux enfermés à dix ou douze dans le même cachot putride et qui avaient le tort de ne pas posséder les cinq sous qui leur auraient permis de coucher seuls et les trois autres qui leur auraient donné droit à la soupe et à de meilleurs traitements. Combien en avait-elle bercé de ces pauvres êtres au corps et à l'âme ensanglantés? Combien...? Et tout cela en vain. Et tout cela pour en arriver à faire d'Angélique une prisonnière et à la battre.

– Tu veux le rejoindre, n'est-ce pas? demanda-t-elle de nouveau, et sa voix n'avait plus rien de menaçant.

– Je ferai ce que tu me demanderas.

Même la voix d'Angélique semblait changée comme si le mensonge avait le pouvoir de dénaturer la personne aimée. Les murs du logis s'étaient écroulés d'un coup. Ce n'était pas les désordres et le bruit du combat qui l'avait opposée à Emile, ni le rassemblement des badauds sous leurs fenêtres qui avaient saccagé leur vie. Le mensonge était le seul coupable; comme l'eau, il s'était infiltré dans la muraille et l'avait rongée lentement. Autrefois, un regard en disait plus long qu'un discours; aujourd'hui, les cris même n'étaient plus entendus. Le vent s'engouffrait partout et emportait au loin les confidences.

– Que faire? interrogea Angélique. Emile t'a surprise dans le cachot avec un condamné.

Plus rien n'empêcherait le cours fatal des choses. Camille avait osé braver la ville, les mœurs, la mort et Dieu même. Et voilà que par la volonté d'un guichetier qui voulait s'élever dans la voie des honneurs, elle allait devoir fuir. D'ailleurs, qu'importait Emile! N'était-il pas un instrument du destin, tout comme ceux qui avaient tué Laurent?

– Emile n'a sans doute pas encore parlé,

autrement on entendrait leurs cris, dit Camille en montrant la foule dans la rue. Peut-être nous auraient-ils déjà tuées. Il ne tiendra pas longtemps sa langue et, même s'il se taisait, d'autres Emile viendraient bientôt nous traquer. Je ne veux pas être à l'origine de tes malheurs.

En bas, la foule déçue commençait à se disperser. On attendait un événement à la mesure de monsieur de Lyon. Mme Filoche n'avait-elle pas promis un combat auprès duquel celui d'Achille et d'Hector ferait figure d'escarmouche? Mais il avait bien fallu oublier les chants homériques quand l'un des combattants avait déserté, la figure en bouillie et le vêtement en haillons, et qu'on avait été – comble de malheur – dans l'impossibilité de lui arracher un mot. Foin de lutte titanesque donc! Mais on pouvait encore espérer une bonne scène de ménage. Hélas, plus le moindre éclat de voix. Il fallut bien se rendre à l'évidence, la bonne volonté de Mme Filoche ne ranimerait pas l'ardeur des combattants. Alors, les affaneurs, les moines, les gamins, les chiens errants, les boutiquiers et la fille de mauvaise vie, toute la docte assemblée s'égailla dans la nature et Mme Filoche, les mains sur les hanches, resta seule à son poste d'observation.

Quelques heures plus tard, Antonin revint au logis accompagné d'un petit âne qui le suivait avec bien des réticences, l'animal aux longues oreilles semblait pressentir le méchant travail auquel on le destinait. Porter les condamnés jusqu'à l'échafaud et ne connaître que des triomphes célébrés à coups de trognons de pommes et d'insultes, ce n'était vraiment pas une vie, même une vie d'âne. Antonin l'abandonna dans la rue pour courir rejoindre Camille. Quand il vit l'appartement saccagé, il ne put s'empêcher de reculer d'un pas et sa grande carcasse heurta malencontreusement le chambranle de la porte.

– Dieu! Qu'est-il arrivé?

– Une petite dispute, Antonin. Rien qu'une petite dispute, répondit Camille, mais Antonin comprit au visage de sa maîtresse que l'affaire était bien plus grave qu'elle ne voulait le laisser paraître.

Camille était vêtue en homme, ce qui ne présageait rien de bon. D'habitude, elle troquait dès son retour au logis le pourpoint contre la robe et, en un tournemain, elle reprenait sa forme originelle, tandis qu'Angélique allait et venait autour d'elle avec des rires et des bavardages en lui brossant ses longs cheveux trop longtemps retenus prisonniers sous la perruque. Ce désordre-là n'avait rien à voir avec celui qui s'offrait aujourd'hui aux yeux d'Antonin. Il crut entrer dans un cauchemar et, comme un gros frelon, il se heurta tour à tour à chaque meuble.

– Assieds-toi, dit Camille, et écoute.

Antonin ponctua le récit de Camille de nombreux cris de vengeance qui le jetèrent hors de son siège, les joues et la tignasse en feu. Le nom d'Emile avait en outre le pouvoir de révéler toute la secrète éloquence de notre aide-bourreau, et, parmi le déluge de compliments qui sortait de sa bouche, les termes les plus doux étaient encore : fi de garce! et fan de pute!

Antonin proposa tout aussitôt de hacher menu comme chair à saucisse le guichetier. Camille dut le convaincre qu'un peu de circonspection allait être nécessaire. Il fallait d'abord s'éloigner de la rue de l'Enfant-qui-pisse. Si Emile avait fait son travail de dénonciateur, les archers du guet viendraient ici les prendre comme dans une souricière. Il y avait péril en la demeure. Ensuite, il faudrait se séparer.

– Non, soupira Angélique dont la lèvre supérieure était tuméfiée. Ne m'abandonnez pas.

– Si tu fais ce que je te demande, bientôt nous nous retrouverons.

– Je ferai tout ce que tu veux.

– Tu te rendras montée des Chartreux chez Emile.

– Non, pas cela.

– Tu te rendras chez Emile et tu obtiendras qu'il te dise s'il a su tenir sa langue. Ensuite, tu feras en sorte qu'Antonin vienne me prévenir.

Angélique eut beau pleurer et implorer, Camille ne se laissa pas fléchir. Sa décision était prise et il fallait faire vite.

– Reviendrons-nous ici? interrogea Angélique en jetant un regard triste sur les tables et les fauteuils renversés (et comme Antonin et Camille ne répondaient pas, elle ajouta :) Je vous en prie, laissez-moi emporter une robe, quelques petits souvenirs.

– Non, dit Camille. Nous ne devons pas donner l'impression d'une fuite.

Pourtant Mme Filoche ne s'y trompa pas quand elle vit s'éloigner toute la maisonnée, à savoir Camille, Angélique, Antonin et l'âne.

– Monsieur Camille, cria-t-elle avec une sorte d'angoisse dans la voix qui montrait assez que la grosse belle n'était pas rancuneuse. Monsieur Camille, ne me dites surtout pas que vous nous abandonnez!

Camille consentit enfin à se retourner.

– Madame Filoche, ne voyez-vous pas que la soirée s'annonce la plus belle du monde? Qu'y a-t-il donc de si surprenant au fait que nous allions prendre le frais, ma femme, mon valet, mon âne et moi?

– Vous ne partez pas, c'est juré?

– Aussi vrai, madame Filoche, que vous êtes la meilleure âme de la ville.

Camille lui fit encore un petit signe de la main avant de reprendre sa route. Aux abords de la Saône, nos quatre amis se séparèrent : Angélique et Antonin se dirigèrent vers la côte des Chartreux, tandis que Camille et l'âne s'installaient sur les berges de la rivière dans l'attente des nouvelles.

Si l'animal ne faisait pas montre d'une impatience exagérée, en revanche, pour Camille, les heures qui suivirent semblèrent interminables. Elle savait que son sort se jouait à l'instant même et qu'il lui était impossible d'intervenir dans le cour des choses. Elle ne pouvait à son gré plonger la main dans la rivière ou la retirer, elle était la rivière et le flot la charriait vers elle ne savait quel échouage. Ni la terre ni l'océan n'avaient frissonné quand Laurent était mort de l'injustice des hommes. Elle avait eu beau évoquer les puissances telluriques, les vieux démons et le dieu de l'Apocalypse, le bourreau avait fait tourner trois fois son glaive dans l'espace pour lui donner plus de force, et le beau damas, si fin, si tranchant – ne venait-il pas de Bohême? – s'était abattu sur la nuque de son amant.

Maudit bourreau, faut-il que tu demeures
Aussi longtemps à mesurer tes coups?
– Eh! par la mort, c'est fait depuis deux heures,
Dit le bourreau, monsieur, secouez-vous.

La terre n'avait pas tremblé, le ciel ne s'était pas obscurci. La mer était douce et les sardines argentées alourdissaient les filets des pêcheurs. Le damas était si merveilleusement effilé que la tête de Laurent déjà séparée de son corps avait hésité quelques secondes avant de rouler dans la sciure. Du beau travail en vérité.

Sur leurs barques, les lavandières frappaient le linge et tout le crépuscule résonnait du bruit de leurs battoirs. Des mariniers italiens ramaient entre deux éclats de lune et leur barcarolle faisait pleurer la nuit. Légèrement en amont, au cabaret du Mal Assis, des hommes vêtus de blanc buvaient en silence le vin clair et parfumé de Juliénas. Pourquoi le monde avait-il un visage si paisible à l'heure où Camille craignait de devoir tout perdre? Emile avait sans doute parlé, elle l'aurait juré. Il faudrait fuir encore une fois et abandonner Angélique. Camille se sentait soudain fatiguée.

Sur les eaux, les ombres des lavandières s'agitaient, tandis qu'un peu plus en aval, entre la rivière et la colline, tout un quartier était plongé dans l'obscurité. La truanderie y régnait de jour comme de nuit, disait-on, et les archers du guet n'osaient se risquer dans ces coupe-gorge où toute la misère du monde croupissait depuis des siècles. Nombre de ceux qu'avait connus Camille en prison y étaient nés et la fleur de lys marquée au fer rouge sur leur épaule était en définitive la seule fleur qui pût s'épanouir dans ce maudit quartier. Parfois des bourgeois se rendaient nuitamment dans les ruelles proches de la truanderie pour assister en secret à quelque messe noire. La rencontre du diable n'était certes pas le danger le plus grand auquel ils s'exposaient.

L'attente dura deux bonnes heures qui, pour Camille, semblèrent plus longues que des mois de trente et un jours. Quand enfin le valet fut de retour, Camille comprit tout de suite que le pire était arrivé.

– Les messieurs de la Ville sont prévenus, dit Antonin sans parvenir à reprendre son souffle.

– Et Angélique? interrogea Camille alors que

le géant roux cherchait à entraîner sa maîtresse en un lieu sûr.

– Vite, fuyons. Nous n'avons pas une seconde à perdre.

– Et Angélique? répéta Camille en attrapant Antonin par le bras pour le forcer à s'arrêter et à lui faire face.

– Emile ne m'a permis de venir vous prévenir qu'à la condition qu'Angélique lui promette de rester avec lui.

– Elle a accepté?

– Je vous en prie, fuyons. Ils doivent déjà être sur votre piste.

– Je te demande si elle a accepté?

– Elle a dit que pour vous sauver, elle ferait tout ce qu'on lui demande.

– Elle a dit cela, vraiment?

Camille, si prompte d'habitude à prendre une décision, répétait comme hébétée :

– Elle a dit cela, vraiment?

Antonin dut la secouer par les épaules pour qu'elle interrompe sa litanie.

– Fuyons, fuyons, répétait le géant.

– Non, répondit enfin Camille. Je partirai seule.

– Jamais je ne vous quitterai.

– Ecoute-moi, Antonin.

Camille lui enjoignit de rester près d'Angélique et de veiller sur elle. La pauvre petite aurait grand besoin de lui. Puis elle remit à Antonin une bourse bien pleine. Comme il hésitait à la prendre et que ses yeux se remplissaient soudain de larmes, Camille ajouta :

– Quand tout sera fini, nous nous retrouverons tous les trois.

– Vous me le promettez?

– Bien sûr, Antonin.

Autour d'eux, le silence était tombé. Le cabaret avait fermé ses portes et les lavandières dormaient.

– Nous nous retrouverons, dit encore Camille avant de disparaître dans la nuit.

9

CAMILLE SE RENDIT UNE DERNIÈRE FOIS AU CIMETIÈRE DES RÉCOLLETS...

Par le Gourguillon, Camille se rendit une dernière fois au cimetière des récollets où souvent elle était venue de nuit avec Antonin enterrer quelque malheureux. A chaque tertre funéraire, à chaque maigre croix de bois, elle donnait un nom : Raphaël, Justin, Vincent Gianni, Jonas, Joubert, Beaufils. Chaque nom appartenait à un homme qu'elle avait aimé, à un homme qu'elle avait tué de ses propres mains. N'y a-t-il pas des sages-femmes pour tirer du ventre des accouchées l'enfant qui pousse son premier vagissement? Mais celle qui tue, mais celle qui aide à trépasser, la dira-t-on sage ou folle? Pour avoir tenté d'adoucir la justice des hommes elle sera condamnée à fuir.

Aux chers disparus, Camille renouvela cet

adieu qu'elle avait murmuré la première fois sur l'échafaud avant de tirer de sa poche le fin lacet qui les avait tués sans qu'ils aient eu le temps de souffrir. Grâce à elle, ce n'était plus qu'un quartier de chair qui s'était balancé au bout de la corde ou tordu parmi les flammes.

La nuit était douce comme la peau d'un chérubin et le parfum de la terre chaude se mêlait à celui des fruits encore verts dans les vergers alentour. Aux premières heures du jour, des prières s'élèveraient de chaque cloître et une multitude de cloches emportée dans le tourbillon des hosannas ferait de Fourvière une colline sainte. Camille pensa avec soulagement que dans un tel lieu jamais ses morts ne se sentiraient abandonnés.

Elle avait tout juste quitté le cimetière qu'un bruit de bottes retentit. Une troupe de soldats ou d'archers montait à l'assaut du Gourguillon. De toute évidence, ils étaient à sa recherche. Elle tenta en vain de pousser la grille du jardin. Quant à escalader le mur du couvent, il n'y fallait pas songer. Camille se souvint fort opportunément qu'aux temps bibliques Samson avait assommé un bon millier de Philistins avec pour seule arme une mâchoire d'âne et elle pria le Ciel ou la Fortune d'affermir son cœur et son bras. La troupe approchait et au martèlement des bottes se mêlait le cliquetis des armes. La belle comprit alors que les temps bibliques étaient révolus, et qu'à jouer les Samson, elle risquait de perdre et la face et la vie. Aussi s'apprêtait-elle à faire demi-tour lorsqu'une voix qu'elle reconnut tout de suite pour n'être pas celle de Dieu lui dit tout bas mais d'un ton sans réplique :

– Entrez donc, mon bon monsieur, entrez donc si vous ne voulez pas faire un superbe cadavre. Vous êtes jeune, quelle perte ce serait pour le genre humain et pour vous-même!

Tandis que Camille se collait contre la muraille et cherchait vainement d'où la diabolique voix pouvait bien venir, une main griffue s'abattit sur son épaule.

– Je vous dis d'entrer, mon bon monsieur. n'est-il pas vrai que vous n'avez guère le choix? L'hospitalité se fait rare par les temps qui courent. Entre leur épée et mon logis, est-il possible que vous balanciez?

C'était la Nonante dont les sequins d'or brillaient dans la nuit. D'un geste brutal, Camille arracha la main qui s'enfonçait dans sa chair mais elle suivit la vieille. La patrouille était arrivée à leur hauteur quand, d'une bourrade, la Nonante poussa Camille dans son logis et referma aussitôt la porte derrière elle.

– Ne craignez rien, mon bon monsieur. Nous sommes entre nous, n'est-il pas vrai? Ne bougez pas. J'allumerai la torche dès que les ferrailleurs auront déguerpi.

Devant la maison de la Nonante, la troupe marqua un temps d'arrêt.

– Le diable ne nous échappera pas, s'écria l'un d'eux.

– Le diable! Le diable! s'exclama un autre. As-tu déjà vu le diable porter jupon?

– Tais-toi, tu vas nous attirer le mauvais œil.

L'homme qui venait de parler ponctua sa sentence d'un jet de salive comme si le diable eût également craint l'eau bénite et les crachats.

– Silence, vous tous! Il faut le larder bien proprement. Mais attention, ne le touchez pas à main nue. Le bourreau porte malheur.

Les combattants semblaient peu rassurés. Ne poursuivaient-ils pas un être fabuleux dont ils connaissaient mal les caractéristiques? Nonobstant la frousse de l'inconnu, il fallut bien continuer et toute la troupe se remit en marche par le Gourguillon enténébré de sortilèges et plus tortueux encore que l'esprit d'un homme de cour.

– Quelques minutes de patience, murmura la Nonante, et nous pourrons boire à leur santé. Mon bon monsieur, je ne suis pas mécontente de pouvoir enfin vous montrer ce qu'est l'hospitalité de la Nonante. Bienvenue, bienvenue chez moi.

La vieille tira par la manche Camille qui, cette fois, se laissa faire. Dans la cuisine, la Bella et la Donna, grosses vestales aux joues en sueur, tournaient sur la broche au-dessus des braises ardentes une oie tout aussi replète que les cuisses des deux rôtisseuses. En d'autres temps, le parfum du volatile eût charmé Camille, mais son cœur était présentement trop meurtri pour que son nez et son palais pussent se réjouir à leur aise. Avec Angélique, sa faim avait disparu et il fallut bien des encouragements de la part de la Nonante et de ses jumelles pour que Camille consentît à participer aux aguapes.

– Nous aimons festoyer la nuit, surtout les nuits de pleine lune. Quel mal y a-t-il en vérité à faire ce que les autres ne font pas? Il suffit d'appeler lune le soleil et nuit le jour, alors tout rentre dans l'ordre, n'est-il pas vrai, mon bon monsieur?

La Bella et la Donna émiettaient les blancs d'oie dans un plat en grès qu'elles tendaient ensuite à leur mère. La Nonante n'avait plus une seule dent, ce qui ne l'empêchait pas d'engouffrer sa pâtée avec entrain.

– Buvez, disait-elle à Camille, c'est le sang du rêve qui coulera dans vos veines. N'ayez crainte, nous n'avons rien ajouté au breuvage. Purs raisins chauffés au soleil! Toutefois, si vos souhaits sont autres, je peux vous offrir mes recettes personnelles. Allez chercher les trésors, ordonna-t-elle à ses filles.

La Bella et la Donna revinrent avec trois petits flacons que la Nonante déboucha et tendit à Camille :

– Sentez, mon bon monsieur, voici l'œil du diable qui rend amoureux, pour celui-là les clientes ne manquent pas, ni pour cette autre à la senteur légère : la saxifrage qui utilisée selon mes indications permet d'éviter les grossesses. Enfin, ce troisième flacon aux reflets d'or contient la verveine des enchantements qui guérit la fièvre tierce et même quarte. On s'en sert aussi à volonté pour purifier les maisons des mauvais esprits, pour balayer les autels et pour tresser des guirlandes aux jouvenceaux la nuit de la Saint-Jean.

La Nonante eut beau insister, Camille repoussa ses dons. Jamais elle ne reverrait Laurent, et jamais sans doute Angélique. Aucune potion, aucun onguent ne pouvaient alléger son cœur.

– Je vois bien que vous m'en voulez, dit la Nonante quelque peu dépitée en faisant signe à la Bella et la Donna de ranger les trois précieux flacons. Parce que je vous ai annoncé les désordres de votre ménage. Croyez bien que si j'avais pu quelque chose pour vous, je vous aurais voué à un bonheur sans nuage. Dès le premier jour, ne vous ai-je pas dit que vous me plaisiez? Souvenez-vous, vous étiez attablé au Café Grand et j'ai traversé la place pour venir vous saluer.

– Comment saviez-vous...? interrogea Camille avec une hésitation dans la voix.

– Ce que je savais? Ce que je sais? Bien plus que vous ne croyez, mon bon monsieur.

La Nonante avait essuyé ses mains pleines de graisse d'oie avec un vieux torchon, puis elle s'était penchée sur l'épaule de Camille pour lui parler en confidence.

– Inutile de dissimuler, ma belle, je sais tout et c'est parce que je sais tout que tu me plais. Je sais que sous ton habit d'homme ta peau est plus blanche que le lys et la pointe de tes seins plus rouge que la barrette cardinalice. Je le sais depuis le premier jour.

– Mais comment?

– Ne suis-je pas sorcière? Ma renommée s'étend du Gourguillon aux Brotteaux, il doit bien y avoir quelque chose de vrai dans tout cela. As-tu vu comme ils tremblent dès qu'ils croisent mon regard? Il n'y a guère que monsieur de Lyon pour les effrayer de la sorte.

– Dites-moi, je vous prie, comment vous avez deviné?

– Eh bien, tu as le choix! Tu peux croire que le don que j'ai de percer à jour le destin des hommes m'a fait découvrir la vérité. Ou bien, si tu es incrédule, tu peux te fier simplement à mon regard. Je suis vieille, je n'ai plus de dents et presque plus de cheveux, mais mon œil, ma jolie, est encore plus perçant que celui de l'aigle.

La Nonante ordonna à ses filles d'aller chercher un miroir et, tandis qu'elles s'affairaient dans la pièce voisine, la vieille ajouta dans un murmure :

– Il a bien fallu que je leur dise à toutes les deux qui tu étais. Elles trouvaient monsieur de Lyon si beau qu'elles auraient bien été capables d'en tomber amoureuses! Elles ont ri le jour de ton mariage à Saint-Nizier mais je ne suis pas sûre qu'elles n'aient pas été un peu jalouses d'Angélique.

La Nonante prit le miroir des mains de la Bella et le posa face à Camille, puis elle fit signe à la Donna d'approcher les bougies.

– Voilà, voilà, nous y sommes, dit-elle en désignant l'oreille droite de Camille. Tu vois ce petit point minuscule à peine visible, et là, sur ton oreille gauche, cet autre point encore plus petit? Ce sont les traces des boucles que tu portais avant de revêtir l'habit. Les corsaires n'ont qu'une oreille percée, toi, tu avais les deux, ma belle. Il était aisé d'en tirer des conclusions. Monsieur de Lyon était une femme.

Il fut entendu que Camille passerait la nuit chez la Nonante et qu'elle partirait au matin en direction du sud. Cependant on discuta très longtemps encore pour savoir si Camille choisirait de fuir vêtue d'un habit masculin ou d'une robe. La première solution avait l'avantage de faciliter les mouvements, ce qui n'était pas négligeable étant donné la situation de Camille. Il y avait fort à craindre que ses poursuivants n'abandonnent pas de sitôt leurs recherches. Ce costume lui permettrait également de conserver son épée dont le secours pouvait lui être précieux. En outre, il paraissait évident qu'un homme voyageant seul attirerait moins l'attention de ses compagnons de route qu'une jeune femme aux charmes manifestes.

Il y avait là bien des raisons qui plaidaient en faveur de l'apparence masculine et pourtant la robe l'emporta. Si elle n'offrait guère de facilités pour marcher, courir ou se battre, si une femme de l'âge et de la tournure de Camille ne pouvait espérer l'indifférence de ceux qui seraient amenés à la côtoyer, il était non moins évident que la robe constituait le plus sûr moyen de ne pas être reconnue. Chacun avait en mémoire monsieur de Lyon. En revanche, il n'y avait que les morts pour se souvenir de la chevelure et des seins de Camille, et ceux-là ne seraient plus jamais des témoins à charge.

La Nonante ouvrit une armoire pleine de vêtements :

– Demain, tu choisiras, dit-elle.

– Pourquoi faites-vous tout cela pour moi? interrogea Camille.

– Ne t'ai-je pas dit que tu me plaisais? Ecoute, tu sais quel fut le sort des bourreaux qui t'ont précédée, tous morts de mort violente, au point que plus personne à Lyon ne voulait briguer la charge. Devenir monsieur de Lyon, c'était signer son testament. On disait, non sans raison sans doute, que j'étais pour quelque chose dans toutes ces morts. N'avais-je pas maudit la ville et ses bourreaux ce lundi de novembre où mon petit-fils avait été pendu? Ce n'est pas rien la malédiction de la Nonante, sais-tu?

– Alors, pourquoi m'avoir épargnée?

– Parce qu'avec toi mon petit-fils ne serait pas mort. Tu l'aurais aimé et tu aurais su attendre l'arrivée du cavalier blanc, celui qui sort du brouillard, tenant à la main le parchemin scellé de cire verte. Si tu avais été là, la grâce royale n'aurait pas été déposée aux pieds d'un pendu. Aujourd'hui mon petit-fils serait vivant – entends-tu? – vivant! Tu as sauvé Angélique, tu l'aurais sauvé lui aussi.

Dans un mouvement de rage impuissante, la Nonante referma violemment les deux battants de l'armoire et s'essuya les yeux. Puis, sans transition, elle secoua ses sequins d'or et se mit à rire.

– Je t'aime bien parce que tu les as bernés. Les imbéciles! ils n'ont rien compris à la farce que tu leur as jouée. Du beau travail en vérité! Crois-moi, nous nous sommes bien amusées et c'est rare dans la bonne ville de Lyon!

– Demain à l'aube, je prendrai la route, dit Camille. Je vous laisse mon épée. Si je ne reviens pas la chercher, gardez-la en souvenir de moi.

– Repose-toi bien, mon enfant, dit la Nonante en faisant pivoter la cloison d'une minuscule alcôve qui abritait une paillasse.

Avant de disparaître avec ses filles dans la pièce voisine, elle passa au cou de Camille une chaîne garnie d'un talisman.

– La Nonante veille sur toi. Bonne route, mon enfant.

Le lendemain, Camille suivit les berges de la Saône. Elle avait choisi parmi les hardes de la Nonante et de ses filles une robe grise assez légère qui attirait peu l'attention. A la modestie de l'étoffe et de la forme – elle se boutonnait très haut et ne laissait même pas entrevoir la naissance des seins – s'ajoutait la simplicité du coloris. On eût dit une jeune femme pas encore tout à fait remise de son veuvage, allant rendre visite à quelque cousine de la campagne. D'autant que Camille avait rassemblé sa longue chevelure sous une coiffe et qu'on ne pouvait soupçonner le flamboiement superbe de ses boucles dans toute cette grisaille.

Le premier jour, elle n'interrompit sa marche qu'à l'approche du confluent pour se cacher dans les fourrés au passage d'une troupe de cavaliers et, un peu plus en aval, à l'heure d'entre chien et loup, pour se dissimuler derrière une cabane forestière afin d'éviter une rencontre avec les gens de la maréchaussée.

Au matin du second jour, il se mit à pleuvoir et Camille chercha en vain à se faire héberger dans les fermes des alentours. Il lui fut répondu qu'on ne prenait pas d'hôte et que la moisson était si mauvaise qu'on n'avait pas besoin d'aide. De refus en refus, d'orage en éclaircie, elle arriva dans un village en même temps qu'une berline à six chevaux. Le postillon lui dit qu'il lui coûterait cinquante sous pour se rendre à Valence. Camille paya et monta dans la voiture.

Les voyageurs venaient de Lyon et se taisaient. Pourtant, après un bon quart d'heure de silence, le voisin de Camille ne put résister à l'envie de lui parler. Il avait une mine avenante et portait épée et perruque.

– Permettez-moi de me présenter : monsieur de Vanceny.

Pour toute réponse, Camille sourit, et ce sourire lui évita de s'inventer un nom moins illustre que celui de Laubreçay.

M. de Vanceny ne devait guère avoir plus de vingt ans et il était accompagné d'un homme plus âgé au visage bon quoique sévère. Il confia à Camille qu'il habitait Paris mais que sa famille possédait des terres près de Valence où il passerait l'été avec son père. Camille n'avait encore répondu que par des hochements de tête et des sourires et elle pensait que le jeune homme malgré sa bonne figure allait vite se montrer importun.

– Vous allez à Valence, n'est-ce pas? interrogea-t-il.

– Oui, répondit-elle assez sèchement.

Pour qui la prenait-on? Pour une aventurière qui, telle sainte Marie l'Egyptienne, vendait son corps aux pèlerins afin de payer son voyage – cela bien entendu avant que de devenir sainte – ou pour une veuve éplorée qu'il fallait secourir? En fait, le jugement de son compagnon lui importait peu, mais son intérêt la gênait. Une fois à Valence, n'allait-il pas la tourmenter de ses soins? Il fallait qu'elle pût continuer sa route sans que personne ne s'enquît de ses faits et gestes.

– Avez-vous de la famille à Valence?

Camille comprit que l'interrogatoire ne cesserait qu'avec la fin du voyage si elle ne parvenait pas à décourager son beau voisin emperruqué.

– Monsieur, je ne vais pas à Valence pour mon plaisir, répondit-elle.

Puis elle fit ce que la pudeur de sa mise et de son maintien aurait dû lui interdire : elle se tourna vers ce compagnon de route qu'elle ne connaissait que depuis un quart d'heure et lui parla à l'oreille. Les autres voyageurs marquèrent d'une moue leur réprobation et M. de Vanceny père toussota d'un air fort embarrassé.

– Je suis malade, monsieur, murmura Camille, et un médecin de Valence m'a promis la guérison. Je n'ose y croire, mais il est mon dernier espoir et je me rends chez lui en pèlerinage.

– Votre maladie est-elle si grave? chuchota à son tour le jeune homme à l'oreille de Camille, oreille du reste cachée sous la méchante coiffe grise.

– Plus que grave, monsieur.

– Vous m'en voyez peiné, vraiment peiné. Mais dites-moi, de quoi s'agit-il donc?

– Le mal italien, monsieur, murmura la pèlerine en baissant les yeux fort joliment.

– Grand Dieu!

Cette exclamation que le fringant jeune homme n'avait pu retenir fit sursauter l'assistance et M. de Vanceny en profita pour battre en retraite et laisser un espace vide entre sa voisine et lui-même. Il se rencogna alors dans le silence comme si le mal dont il avait été question dût se propager de bouche à oreille.

En d'autres temps, Camille se fût réjouie d'une réussite aussi complète. Mais, pour être parfait, son stratagème n'en était pas moins impuissant à la distraire de ses sombres pensées. A qui conter l'aventure? Avec qui sourire? Angélique était à Lyon. Angélique était avec Emile. Angélique était perdue.

Ce fut dans ces tristes sentiments que Camille approcha des portes de Valence. Les orages avaient fui vers le nord et un soleil superbe dorait la vallée du Rhône. La jeune femme pensa que sa souffrance serait encore plus intolérable sous ce ciel fait pour le bonheur, mais elle n'eut pas le loisir de vérifier ses pressentiments. Déjà la voiture ralentissait bien qu'on ne fût pas encore entré dans la ville.

– Arrêtez, ordre du tribunal, cria une voix, et aussitôt quatre archers entourèrent la berline et demandèrent aux voyageurs de descendre.

– Que nous veut-on? demanda M. de Vanceny qui semblait beaucoup moins effrayé par les gens en armes que par la vérole.

On ne daigna pas lui répondre. En silence, les archers scrutaient de la tête aux pieds les passagers qui descendaient de la berline. Puis l'un d'eux qui avait un nez effilé comme un couteau et une bouche sans lèvres s'approcha de Camille et, de ses mains gantées, lui arracha sa coiffe. La chevelure de la jeune femme se répandit sur ses épaules arrachant un « ah! » d'admiration à ses compagnons de voyage pourtant glacés d'effroi. L'archer sans lèvres la força à tourner sur elle-même tandis qu'il interrogeait du regard un de ses compères.

– Oui, c'est bien cela : la taille, les sourcils... répondit l'autre dont les yeux ne cessaient d'aller et venir de Camille à un document qu'il tenait à la main et qu'il semblait déchiffrer à grand-peine. Enlevons-lui sa robe pour en avoir le cœur net, ajouta-t-il avec un petit rire qui parvenait mal à cacher l'embarras dans lequel il se trouvait.

A peine avait-il prononcé ces mots-là, que M. de Vanceny qui décidément valait mieux que sa jolie figure, tira son épée et se précipita sur l'homme sans lèvres qui avait eu l'audace de malmener Camille. Alors, se souvenant que son frère Archibald lui avait appris à ferrailler, notre héroïne profita de l'émoi général pour s'emparer de l'épée de M. de Vanceny père que l'âge et les rhumatismes rendaient incapable de soutenir l'effort de son fils, et elle courut sus à l'ennemi. L'homme qui tenait le document eut tout juste le temps de le rengainer et de sortir son épée du fourreau; déjà, Camille se fendait à fond et lui allongeait un magnifique coup de pointe. L'épée de la belle lui traversa le bras de part en part.

De son côté, M. de Vanceny avait désarmé l'homme sans lèvres. Quant aux deux autres archers, ils n'étaient pas encore entrés en lice. Ils regardaient avec effroi la diablesse aux cheveux blonds qui se battait comme une lionne en fureur. Nul doute possible, c'était bien elle la maudite bourrelle qu'ils avaient ordre de ramener morte ou vivante. Et ils tremblaient, les deux braves, d'avoir à se mesurer à celle qui portait la mort dans son sein comme d'autres portent un enfant. Qui était-elle cette Perséphone à la chevelure de soleil? Qui était ce monstre femelle? Peut-être n'avait-elle pas plus de nom que le treizième arcane majeur.

Les deux hommes médusés pâlirent un peu plus encore quand M. de Vanceny et Camille se retournèrent vers eux les armes à la main, mais ils se ressaisirent enfin et il y eut un formidable bruit de rapières entrechoquées. Camille suppléait son absence de théorie par une agilité peu commune et la robe de la Nonante n'était déjà plus qu'une loque. Son adversaire, surpris par une attaque peu conforme aux règles et se voyant attaqué de toute part, avait la repartie de moins en moins prompte. Troussant haut sur ses chevilles sa robe de bigote, la belle dansait autour de lui son ballet de mort et son regard était encore plus tranchant que sa lame. Le pauvre homme en oubliait les rudiments de l'art et ne savait plus guère que parer prime les bottes imprévisibles de Camille.

Le courage de M. de Vanceny faisait merveille et Camille se fût volontiers repentie de l'avoir tout à l'heure moqué si la situation présente avait permis les sentiments et les regrets. Les deux derniers adversaires venaient d'être défaits lorsqu'un renfort imprévu de cavaliers priva de leur victoire Camille et son compagnon. Malgré sa vaillance, M. de Vanceny dut rengainer et on lui donna l'ordre de remonter dans la berline avec les autres voyageurs. La voiture reprit la route de Valence tandis que les archers repartaient dans la direction opposée emmenant avec eux la diablesse qu'ils n'osaient toucher que du bout de leurs doigts gantés et à laquelle ils n'adressèrent pas un seul mot.

A Lyon, Camille dut attendre très longtemps dans une petite pièce sombre avec une quarantaine d'autres femmes. Elles avaient toutes à peu près son âge, mises à part trois ou quatre gamines à peine sorties de l'enfance, qui se serraient effrayées les unes contre les autres, et une femme beaucoup plus âgée qui marmonnait des prières. Bon nombre d'entre elles avaient les cheveux blonds et les yeux clairs, mais le signalement de la personne recherchée devait être assez sommaire pour laisser place à l'imagination, ô combien galopante, des archers, car parmi ces blondeurs jaillissaient une ou deux crinières rousses et même quelques toisons tout à fait brunes.

Il y avait là de belles guerrières aux corps nerveux et aux visages fiers, elles étaient silencieuses mais leurs regards criaient vengeance. Il y avait aussi de pauvres filles dont les bras chétifs n'auraient même pas pu soulever un glaive et des potelées bien incapables de dissimuler sous l'habit masculin les rondeurs de leur sexe. Ainsi que dans les anciennes légendes, le monstre qui semait la terreur dans toute la région avait mille visages et mille formes. Il est à noter cependant qu'aucun homme n'avait été arrêté. Ceux qui pouvaient être inculpés avaient été déshabillés immédiatement par les archers et la nature les avait assez innocentés pour qu'il ne fût pas nécessaire de les traduire devant une plus docte assemblée.

Au long des heures, la chaleur devenait de

plus en plus insupportable et, sur les visages des femmes, les pleurs se mêlaient à la transpiration. Certaines ignoraient tout de monsieur de Lyon et de ses forfaits et elles se signaient dès qu'une voisine un peu plus savante osait prononcer le nom du bourreau. Toutes tremblaient d'horreur; comme à Lisbonne, la terre s'était ouverte et elles allaient être précipitées dans un gouffre dont elles ignoraient la profondeur. L'affaire semblait si incroyable que les renseignements chuchotés de bouche à oreille, bien loin d'éclaircir les esprits, ajoutaient au contraire à la peur d'un danger bien réel l'horrible panique suscitée par l'inconnu. Que ne disait-on pas en effet? Tous les crimes défilaient comme juments et poulains un matin de charabarat et les nouvelles les plus invraisemblables se succédaient à un train d'enfer.

Puis, très lentement, la salle se vida. Les gardes emmenaient chaque femme l'une après l'autre. Quand ce fut le tour de Camille, il ne restait plus avec elle que les quatre gamines tassées les unes contre les autres comme une portée de chatons. Avant de suivre les gardes, Camille se retourna vers elles pour leur dire :

– Ne craignez rien, ce soir vous serez chez vous.

Les gamines la regardèrent sans comprendre.

Les gardes l'enfermèrent dans un réduit sombre où ils la laissèrent seule quelques minutes. Puis ils revinrent lui jeter des vêtements.

– Enlève tes guenilles et mets ça. Je compte jusqu'à vingt, dit l'un des gardes.

Camille ramassa la veste qu'elle reconnut tout de suite. C'était la sienne, celle sur laquelle Angélique avait brodé de ses blanches mains l'échelle et la potence. En dehors du fait qu'aujourd'hui elle n'avait pas de bandelettes pour emprisonner ses seins et que ses formes étaient donc plus visibles qu'à l'accoutumée, la veste lui allait merveilleusement bien.

Après avoir compté jusqu'à vingt, les gardes se retournèrent, elle lut alors sur leurs visages un saisissement à la fois de crainte et d'admiration.

– Relevez vos cheveux, je vous prie, dit avec respect celui qui lui avait déjà adressé la parole, et il s'approcha d'elle pour la coiffer de la perruque poudrée.

– Grâce à Dieu, nous n'avons pas perdu notre temps, murmura un des autres gardes tandis que la métamorphose s'achevait.

– Si vous voulez bien, monsieur...

On la conduisit dans une grande salle. Elle y fut accueillie par des exclamations assez voisines de celles que poussa Archimède le jour béni où il fit déborder sa baignoire et trouva par la même occasion le principe qui porte son nom. La journée avait été rude, mais – Dieu soit loué – la noble assistance ne serait point trop en retard au souper. Celui qui les avait ridiculisés, celui qui avait jeté l'opprobre sur la ville, celui qui leur avait vendu pour lanterne des vessies, dormirait cette nuit sous les verrous. Mais au fait, celui ou celle? Foin de ces arguties! Monsieur de Lyon était retrouvé et de sa prison il ne serait plus jamais le maître mais le locataire.

Ainsi qu'au théâtre ou à l'opéra, toute une rangée de chandelles éclairait l'endroit où se trouvait Camille, si bien que tout d'abord elle fut éblouie et ne put distinguer rien ni personne dans la salle. Peu à peu elle devina des formes, des couleurs, puis des rubans, des perruques, des visages, et enfin des yeux. Il y avait des yeux partout, des yeux qui la transperçaient, des yeux vengeurs, des yeux gloutons. Elle connaissait l'appétit des Lyonnais, mais elle ignorait qu'ils pussent dévorer leur proie d'un regard.

– Hélas, monsieur Camille!

Mme Filoche. C'était Mme Filoche. La grosse belle était là et, dans le concert triomphal, sa voix seule avait choisi de s'exprimer dans un registre différent. Suante et cramoisie, la sainte femme avait encore assez de force et de passion pour accompagner son dieu jusqu'au Golgotha. Elle était assise au premier rang près de ces messieurs de la Ville et entre Emile qui savourait les mille voluptés de la vengeance et le petit M. Mathieu, greffier du tribunal, dont le nez coulait même au plus fort de la canicule. Ce n'était pas sans raison qu'on les avait mis tous trois aux places d'honneur. Ne connaissaient-ils pas mieux que quiconque monsieur de Lyon, alias Camille Laubreçay? On attendait d'eux des témoignages qui viendraient achever la déroute du coupable. On ne fut pas déçu.

M. Mathieu bredouilla :

– C'est lui, c'est elle... et il se rassit tout tremblant d'épouvante.

Puis ce fut le tour d'Emile. Il plissa ses petits yeux de fouine et déclara à l'intention de ces messieurs :

– J'ai cru de mon devoir de vous signaler les crimes de cet individu. Ses forfaits dépassent en nombre et en gravité tout ce que l'imagination humaine est capable de concevoir. Ma plus grande fierté sera, messieurs, de vous avoir aidés par ma modeste contribution à confondre cet ignoble personnage.

Avant de se rasseoir, il chercha l'approbation de l'auditoire comme ces mauvais acteurs qui mendient les bravos et en oublient de regagner les coulisses. Quant à Mme Filoche, il ne fut même pas nécessaire de l'interroger. Son « hélas, monsieur Camille » avait assez trahi et son émoi et son protégé.

Camille se tenait droite et immobile dans la lumière des chandelles comme une sorcière sur son bûcher. Son regard se posa tour à tour sur chaque visage et elle éprouva une sorte de soulagement en constatant qu'Angélique n'était pas présente. Ce spectacle eût rappelé à son amie de tristes souvenirs. En outre, Camille craignait de voir Angélique accusée de complicité. Si elle était épargnée, les choses seraient faciles. Camille savait sa propre cause indéfendable. N'espérant rien, elle risquait peu d'être déçue.

Aucune question ne lui fut posée. Plus tard viendrait le jugement, pour l'heure on se contentait de la reconnaître et de la désigner du doigt. Il ne fut pas besoin de recourir à l'argument ontologique, les preuves de son existence ne manquaient pas. Il y avait les témoignages, la veste brodée, l'unanimité d'une ville et de ses édiles. Il y avait surtout ce visage, ces yeux, ce port de tête à nul autre pareil. Aucune erreur possible. Si la démone les avait autrefois possédés, ils allaient maintenant le lui faire payer. N'empêche, la malédiction de la Nonante continuait à rôder alentour et risquait de porter atteinte à la réputation de la ville et de ceux qui la régissaient.

Camille coucha en prison mais l'esprit de ces messieurs n'en fut pas rasséréné pour autant. Il y avait dans cette femme trop de mystère, trop de diablerie. D'elle, on pouvait tout craindre. Ce soir-là, le potage de ces messieurs eut un goût amer, et le corps de leurs femmes une odeur de soufre.

La procédure fut menée tambour battant et la justice dont le cours paresseux peut à juste titre être comparé à celui de la Saône n'avait jamais connu une telle impétuosité. On eût dit que chacun retenait son souffle dans l'attente du dénouement.

Dès le matin, la chaleur embrasait la ville des collines de l'ouest jusqu'à la plaine, et de la

Croix-Rousse jusqu'au confluent. Les vibrations de l'air torride donnaient le vertige et, au plus fort de l'après-midi, des odeurs fétides se répandaient de ruelles en ruelles et s'en allaient séjourner au fond des culs-de-sac.

Lyon était belle du bruit de ses fontaines et de l'ombre de ses tilleuls, mais il y avait cette haleine de mort qui éveillait de fâcheux souvenirs. Si l'orage ne venait pas au plus vite dissiper les miasmes, on pouvait craindre les fièvres et les épidémies. Alors les vieilles plaies s'ouvriraient et les mouches bleues, et les mouches dorées, et les mouches vertes bourdonneraient de l'aube au crépuscule. Il fallait faire vite. Faute de pluie, pour rendre à la cité sa pureté originelle, on pouvait encore se fier à la justice des hommes. La pécheresse serait châtiée.

Là-haut, dans les galetas, la canicule pesait lourd sur le bras des ouvriers et le halètement des métiers devenait de plus en plus poussif. Les mendiants dormaient sur les marches de Saint-Nizier et, quand une pieuse femme attirée par la fraîcheur des lieux saints comme le scarabée par le crottin passait devant eux, ils n'avaient même plus le courage de lui tendre leur sébile et d'implorer la charité.

Pourtant la chaleur qui alourdissait les corps et les esprits semblait bien épargner les langues. Car jamais Lyon ne connut si beaux caquetages qu'au cours de cet été-là. Il faut dire que le sujet en valait la peine. On fit de Camille une espèce de monstre aux attributs changeants et nombreux. Ne chuchotait-on pas qu'elle avait le privilège, somme toute assez rare, de devenir à volonté homme ou femme et qu'il faudrait au moins deux condamnations à mort pour venir à bout d'une aussi riche personnalité? Certains prétendaient même qu'elle possédait aussi la faculté de redonner vie aux morts par le seul pouvoir de son étreinte et, du côté du cimetière des récollets, on tremblait de ne voir ressusciter tous les criminels – ou jugés tels – qu'elle y avait enterrés fort pieusement. Imaginez la joyeuse cohorte des Gianni, Beaufils, Raphaël, Justin, Joubert et compagnie, dégringolant le Gourguillon et s'en allant surprendre dans leur paisible sommeil leurs chers amis lyonnais.

Il fallait expédier les choses promptement pour tempérer cette fournaise de craintes, de folies et de superstitions. Les magistrats et le prévôt lui-même pensèrent qu'il était de leur devoir de ramener l'affaire à des dimensions plus modestes, il y allait de l'honneur de la cité et du leur. Ne s'étaient-ils pas laissé gruger fort grossièrement? Lyon risquait de devenir la risée du pays et ces messieurs de la Ville les bouffons du Roi. Sa Majesté n'avait guère l'esprit à se réjouir des nouvelles facéties de ses sujets, l'or manquait, les possessions d'Amérique coulaient comme sable entre Ses Augustes Doigts et le voisin anglais rugissait de nouveau. Qu'adviendrait-il du Royaume si la sage province lyonnaise entrait soudain en convulsions? Ces messieurs de la Ville se doutaient bien que le Monarque en profiterait une fois de plus pour rogner les pouvoirs, déjà bien réduits, des assemblées locales. Magistrats et échevins payeraient les pots cassés.

Dans l'affaire qui nous intéresse, on devait donc se montrer ferme pour apaiser la population qui réclamait une victime expiatoire, mais point trop pour ne pas attirer l'attention du Roi et de ses conseillers. On se prépara en sourdine au grand événement. La prévenue était docile et, si on ne comprenait pas toujours bien le sens de ses paroles et de son comportement, il faut bien dire qu'elle n'esquivait aucune question, au point que la torture fut jugée inutile et inconvenante.

Camille ne nia aucun des faits qui lui étaient reprochés. L'eût-elle souhaité que la chose lui eût vite paru malaisée. Tous les chefs d'accusation pouvaient en définitive se résumer en trois mots : elle était femme. Plutôt que de la soumettre à la question, il fut plus facile et plus agréable de lui demander de se dévêtir.

Le secret de l'instruction protégea l'émoi des huissiers, du juge et des médecins qui examinèrent la belle Camille. Dès qu'ils la virent nue, leur trouble fut déjà un signe assez évident de la bonne conformité de la patiente. Mais, nous le verrons par la suite, les hommes de loi ne se contentent pas de ces arguments-là.

La diablesse les bouleversa et les plus vieux n'étaient pas les moins ébranlés. Ils se taisaient et évitaient même de se regarder. Comme au théâtre, l'émotion de tous avivait le plaisir de chacun. Un tel moment justifiait à lui seul une vie entière consacrée à la magistrature. Qu'ils eussent acheté à prix d'or leurs charges, soit, mais la compensation n'était-elle pas de bonne taille?

Ils soufflaient comme des bœufs, transpiraient comme des hercules de foire et la chaleur faisait craindre le pire. Mais la vaillance de ces messieurs était sans mesure et, quoi qu'il leur en coûtât, ils eussent volontiers prolongé cette situation afin de bien montrer à quelle extrémité leur esprit de sacrifice pouvait les mener.

Pourtant il fallut réclamer le secours de la médecine. Non que l'état de ces messieurs exigeât une potion, mais les experts devaient se prononcer sur le cas de la prévenue. Les docteurs se penchèrent donc sur la question avec recueillement. Après un minutieux examen interne et externe, ils déclarèrent que la procréation étant le but naturel du mariage, le sujet était porteur des organes caractéristiques du sexe féminin et que ses fonctions s'exerçaient conformément à la normale. Bien qu'il parût extraordinaire qu'une telle méprise eût pu se prolonger un temps aussi long et abuser une ville entière, la faute n'était en rien imputable à la nature qui avait fait le sujet femme sans aucune restriction, mais seulement à la dissimulation et à la perversité dudit sujet.

On se contenta de ces conclusions. Une fois la patiente rhabillée, la curiosité de ces messieurs s'éteignit. Le juge risqua pourtant une dernière question :

– Pourquoi avez-vous brigué une charge si peu conforme à la nature de votre sexe?

– Je voulais apporter un réconfort à ceux qui allaient mourir. Condamneriez-vous un prêtre pour avoir donné l'absolution à des hommes peut-être abjects mais qui n'en demeurent pas moins des hommes? Je n'ai rien fait d'autre que d'appliquer vos jugements. Sans haine. Mais vous ne m'aviez pas ordonné de haïr les condamnés. Soyez certains, messieurs, d'avoir été scrupuleusement obéis. D'ailleurs, n'avez-vous pas eu la bonté de ne m'adresser aucun reproche concernant l'exercice de ma fonction?

– Soit, soit, bougonna le juge.

Un instant, il eut envie de poursuivre l'interrogatoire. Les questions ne manquaient pas. Pourquoi ce mariage qui était un défi à la loi des hommes et à celle de Dieu? Pourquoi ces horribles enlacements avec tous les condamnés, jeunes ou vieux, malades ou sains, meurtriers ou voleurs? Pourquoi, pourquoi?... Il éprouva alors une sorte de vertige. Sa tête dodelinait comme une grosse pivoine trop lourde sur sa tige. Etait-ce la chaleur? Etait-ce son imagination qu'il avait crue morte et qui lui faisait soudain entrevoir des paysages inouïs? Il avait pourtant une longue pratique de la justice et les hurlements des hommes torturés ne lui arrachaient plus le moindre frisson depuis bien longtemps. Qu'avaient-ils donc de si effrayants les yeux, les mots et la vie même de cette femme-là? Il se serait bien signé s'il n'avait craint de trahir son épouvante. Aussi se contenta-t-il d'enfouir son visage dans son mouchoir et de donner l'ordre aux archers d'emmener la prévenue.

D'aucune façon, on ne s'intéressa au passé rochelais de Camille, sans doute redoutait-on d'autres horrifiantes révélations. De plus, ni Angélique ni Antonin ne furent interrogés. On eût dit que chaque faute imputée à Camille risquait de retomber sur la tête de ceux qui lui avaient jeté ses lettres patentes et l'avaient par là même désignée pour remplir la fonction d'Exécuteur des Hautes Œuvres. A présent, ces messieurs avaient charge de maintenir un halo d'ignorance autour d'une coupable si encombrante. On pouvait à la rigueur leur pardonner une bévue, non un forfait.

La bonne ville de Lyon ne prisant guère la bagatelle que dans l'ombre de ses persiennes ne tolérerait pas l'étalage de tant de vices. Quant à sa bourgeoisie qui avait depuis longtemps imposé silence aux roués et aux libertins, elle commençait maintenant à asseoir son pouvoir sur un trône en or massif prudemment dissimulé sous la grisaille de la vertu. N'avait-elle pas fait un succès à l'ouvrage du Dr Tissot sur l'onanisme et autres turpitudes considérées dans leurs funestes effets? Dans la cité gonflait une rage assassine contre tout ce qui n'était pas conforme aux bonnes mœurs. On éviterait donc par tous les moyens de donner une publicité à la regrettable affaire de monsieur de Lyon. On ne se moque impunément ni du monarque ni du bourreau.

Le grand jour arriva enfin. La chaleur était toujours la même et les nuits n'apportaient guère de rémission. L'eau manquait dans la plupart des quartiers de la ville et, à l'heure des repas, il n'y avait plus de ces robustes exhalaisons d'ail et d'échalote, de sauces vineuses et de chapons embrochés gaillardement, qui permettent au voyageur aveugle de reconnaître aussitôt Lyon parmi toutes les autres cités du monde. Il ne rôdait plus dans les ruelles faméliques et grouillantes que les odeurs fades de chou et de sueur, de linge souillé, de fièvre et de fiente.

Ils attendaient depuis l'aube pour entrer au Palais. On avait eu beau les prévenir que les places seraient plus comptées qu'en paradis, rien n'avait pu décourager leur curiosité. Certains même étaient venus des campagnes voisines avec leur femme et leurs enfants.

Quand le soleil se ficha en plein ciel comme un pieu de métal chauffé à blanc, il y eut des évanouissements et les bébés glapirent de plus belle contre le sein tari de leurs mères. Sur les visages, tout pouvait se lire, de la bassesse à la fierté royale, de la décrépitude à l'arrogance, de la lassitude à l'enthousiasme, de la haine à la bonté. Mais tous ces êtres si nombreux et si divers étaient unis par ce même sentiment à la fois d'attirance et de répulsion que leur inspirait l'accusée. La chaleur et la faim venaient encore aggraver le vertige et toute la foule tourbillonnait dans une nébuleuse de folie et de passions.

Leur attente ne fut pas récompensée. Ils ne purent même pas entrevoir la bourrelle. La fit-on entrer par une porte dérobée? La chose paraît fort improbable car la bâtisse entière était cernée par la foule et aucun passage secret ne permettait de pénétrer directement à l'intérieur de l'édifice. Un archer qui faisait l'important prétendit que l'accusée avait passé la nuit au palais pour éviter qu'à son arrivée la curiosité du peuple ne tournât à l'émeute. La nouvelle se répandit comme une traînée de poudre et faillit bien déclencher les troubles tant redoutés. On criait à la trahison. On criait vengeance. On criait à mort. On criait qu'on ne supporterait plus d'être privé d'eau, de farine et de considération. On criait de faim, de soif, de dépit et de colère. La bourrelle leur avait arraché le pain de la bouche par droit de havage (1) et à présent c'était le spectacle de sa honte et de sa déchéance qu'elle leur volait. A mort! A mort donc, la diablesse!

Il fallut un mouvement de troupe pour calmer les esprits et l'arrivée de Mme de Grézieu La Varenne dans sa voiture à grand équipage opéra à point nommé une diversion. A l'instar de Mme de Pompadour qui, pendant la campa-

(1) Droit de havage ou de havée qui autorise le bourreau à se servir gratuitement chez les commerçants : un œuf par panier, un fruit par cageot, un poisson par baril, une poignée de légumes par caisse.

gne de 1757 écrivait au maréchal d'Estrées en indiquant avec des mouches, sur le plan des combats, les postes qu'elle lui conseillait d'attaquer, la belle marquise avait dessiné sur son visage à l'aide de ces petites choses de taffetas noir une savante géographie. On ne dénombrait pas moins de six mouches sur sa peau très blanche que le fard ensanglantait à la hauteur des pommettes. Chacune signalait une place forte. Au coin de l'œil, la passionnée. Au milieu de la joue, la galante. Sur le nez, l'effrontée. Au coin de la bouche, la baiseuse. Sur les lèvres, la coquette. Et enfin, toute ronde, au milieu du front, l'assassine.

Quand elle fendit la foule entre une double haie d'archers, les badauds firent « ah! ». Elle prit place dans la salle au premier rang des spectateurs et bien des têtes s'inclinèrent sur son passage en signe d'hommage. En effet, c'était bien d'un spectacle qu'il s'agissait et seuls les initiés avaient été conviés. Au parterre, tout ce que Lyon et sa province comptaient de marquis, de comtes et de vicomtes, de barons et de chevaliers, de nobliaux et de riches bourgeois, paradait en habit de soie ou de nankin, en souliers à talons hauts et rouges. Ici, il eût semblé inconvenant de crier à mort, on savourait en connaisseur les rares minutes d'un grand événement.

Enfin Camille parut et c'est tout juste si son arrivée ne fut pas saluée par une houle d'applaudissements. Il y eut un murmure étrange qui sembla plus éloquent qu'une clameur de triomphe. Les éventails des dames s'affolèrent, le sang fit craqueler à hauteur des pommettes la carapace de poudre et un soupir força leurs lèvres. Les messieurs étaient immobiles, les cheveux serrés sur la nuque par un ruban ainsi que la crinière des alezans le jour du charabarat, et les yeux fixés sur celle qui venait de faire son entrée.

Elle était vêtue de la pauvre robe grise que lui avait donnée la Nonante et qui portait encore les traces du combat soutenu contre les archers de Valence. Le genou saillait par la déchirure de l'étoffe et des mèches s'échappaient de la masse relevée de ses cheveux blonds. Le visage simplement fardé du cerne gris de la fatigue qui approfondissait encore son regard, le corps à peine dissimulé sous les hardes froissées, sa beauté éclipsait celle pourtant réputée des nobles dames de l'assistance. En regardant Camille, plus d'une se jura d'abandonner les mouches et le rouge et de se vêtir en pauvresse pour le grand bal du gouverneur.

Tout au long de l'audience, Camille ne se départit pas d'un calme fait de hauteur et d'indifférence qui impressionna fort les spectateurs. Elle resta sourde aux insultes des témoins et quand, s'adressant à elle, le juge hésita à plusieurs reprises entre le féminin et le masculin et laissa échapper quelques « monsieur de Lyon » fort incongrus, les rires flûtés de l'assistance ne semblèrent pas l'atteindre.

Le regard de Camille vacilla une seule fois.

Emile était à la barre et, après avoir conté avec force détails les enlacements du bourreau et de sa victime, il pria le juge d'excuser l'absence de son épouse. Les douleurs de la grossesse ne permettaient pas à Angélique de venir renforcer son témoignage.

– Je vous en conjure, messieurs, ne l'obligez pas à comparaître. Tout ici lui rappellerait de bien pénibles instants. Eu égard à son état, aidez-la, je vous prie, à poursuivre sa marche sur le dur sentier de la vertu qu'elle a enfin emprunté après bien des errements.

La marquise trahit sa colère d'un haussement d'épaules. Par un troisième mariage, sa rivale échappait donc à la justice. C'en était trop. Elle se leva et voulut manifester sa désapprobation par un départ bruyant. Mais les magistrats qui étaient pressés d'en finir firent mine d'ignorer son manège et la marquise se rassit, dépitée.

Camille était seule et dans le même état d'abandon que Laurent à La Rochelle. Angélique ne viendrait pas, Camille l'avait perdue pour toujours. Quant à son fidèle Antonin, elle ignorait qu'il avait proposé son témoignage et que ces messieurs de la Ville avaient refusé de l'écouter. Il n'avait rien à leur apprendre, lui fut-il répondu. Au reste, il n'était pas souhaitable de s'attarder sur le passé d'une coupable déjà lourdement chargée de crimes. A trop parler du mal, la contagion n'est-elle pas à redouter?

Dans l'espoir d'approcher sa maîtresse, le

géant roux avait donc tenté de pénétrer dans le Palais avec les autres badauds et, comme eux, il avait été refoulé. N'y tenant plus, il s'était alors jeté sur les archers.

– Je veux la voir, je veux la voir! criait-il si fort que l'attention de la foule se porta sur lui et qu'il fut tout aussitôt reconnu. C'était bien lui qu'on avait vu officier aux Terreaux. « A mort, à mort! » Puisque le bourreau leur échappait, le valet paierait pour son maître. La foule se rua sur le malheureux Antonin qui eût été dépecé en quelques minutes si les archers n'étaient venus le secourir. Il avait le visage griffé jusqu'au sang, sa lèvre supérieure avait éclaté sous le choc d'un poing vengeur. Se tenant le ventre à deux mains, il continuait à hurler sans trêve.

– Je veux la voir, je veux la voir!

Il fut emmené à demi mort.

Dans la salle d'audience, on riait, mais ce rire n'avait aucun rapport avec la triste aventure d'Antonin. Entre la noble assistance et la piétaille qui vociférait devant les portes closes, il y avait de longs couloirs au silence moite. On riait parce qu'un spectateur avait pris la parole. Ses propos, certes un peu badins dans un tel lieu, ne manquaient pourtant pas de bon sens. Notez bien que les magistrats ne songeaient pas à l'interrompre et le fait qu'il portât un nom connu de tous jouait sans doute en sa faveur. M. de Gerland, puisque c'est de lui qu'il s'agit, arborait un toupet crépu au sommet de la tête et son élégance faisait l'admiration de la bonne société. On chuchotait que Mme de Grézieu La Varenne avait eu des bontés pour lui bien avant que son veuvage ne fît d'elle la femme la plus convoitée de la ville. Aussi, quand elle vit son ami se lever pour prendre la parole, elle crut que, volant à son secours, il allait évoquer le rôle joué par Angélique Bouillotte dans cette déplorable affaire et demander la comparution de son ancienne servante. Hélas, Mme de Grézieu dut vite déchanter. M. de Gerland n'avait que faire d'Angélique Bouillotte et son esprit délié l'entraînait vers d'autres considérations.

– Messieurs, dit-il, ne sommes-nous pas tous fautifs? Nous nous sommes laissé abuser par la prévenue et la peine qui lui sera infligée n'effacera pas les faits. Pour peu que quelque esprit séditieux veuille se gausser de nous, il est à parier que la mémoire des hommes en gardera longtemps la trace. Notre intérêt n'est pas tant de punir la prévenue que de nous prémunir contre une nouvelle méprise qui nous couvrirait définitivement de ridicule. Tournons nos regards vers Rome. Comme chacun sait, il y eut, dans les temps reculés, une femme nommée Jeanne qui, habillée tour à tour en homme, en moine et en cardinal, usurpa avec l'aide du Malin le trône de saint Pierre. Vous vous souvenez sans doute qu'un jour où elle parcourait à cheval les rues de la Ville sainte, elle fut prise des douleurs de l'enfantement. Elle accoucha et elle mourut dans la même seconde. Après cet odieux sacrilège, il fut décidé que chaque pape avant d'être reconnu comme tel devrait se rendre en procession à Saint-Jean-de-Latran où on le ferait asseoir sur un siège percé en porphyre. Tandis qu'il recevrait les clefs de la basilique, les deux cardinaux les plus âgés passeraient la main sous le siège pour vérifier le sexe du nouvel élu et proclameraient le résultat à haute-voix : « T... habet » et l'assistance de répondre : « Deo gratias (1) ». Aussi, pour l'instruction des générations futures et afin de leur bien montrer que de chaque faute il est possible de tirer un enseignement, je vous demande, messieurs, que les bourreaux à venir soient soumis à un semblable examen. La chaise percée doit être mise à l'honneur. La ville de Lyon lui devra sa tranquillité et pourra désormais se targuer d'être la digne émule de Rome.

L'intervention de M. de Gerland fut très remarquée; il lui fut cependant répondu que sa proposition, qui serait certes étudiée avec soin, n'apportait pas de solution au problème de l'heure qui pouvait se résumer ainsi : de quelle manière allait-on se débarrasser de la coupable?

Dès qu'on se mit à comparer les vertus

(1) *Note de l'auteur :* Elphège de Vacandard, dont les études religieuses font autorité, s'insurge contre la légende de la papesse Jeanne qu'il juge grotesque et qui fut répandue, selon lui, par des détracteurs de l'Eglise : « La papesse Jeanne n'a jamais existé; elle est le fruit de l'imagination des chroniqueurs en mal d'anecdotes piquantes, à moins qu'elle ne soit le fruit de l'imagination populaire, si facilement créatrice de légendes saugrenues. »

Il est à noter que ces études furent publiées au XXe siècle. Nous ne pouvons donc faire grief à M. de Gerland de s'être laissé séduire et abuser par la papesse qui en émoustilla bien d'autres.

respectives de la roue et du bûcher, une forme surgit au dernier rang des spectateurs et la forme parla sans qu'on lui eût offert la parole.

– Qui allumera le feu? Qui attachera la coupable sur la croix de Saint-André?

La Nonante venait encore une fois troubler le cours normal de la justice. Comment s'était-elle frayé un passage jusqu'au Saint des Saints? Il est à parier que les archers terrorisés par son regard et par le mauvais sort qu'elle pouvait leur jeter s'étaient vite résolus à rengainer leur épée et que personne n'avait osé lui interdire l'entrée de la salle. La peur du Malin et de ses œuvres ne constitue-t-elle pas le meilleur des laissez-passer?

– Songez-vous, messieurs, que vous n'avez plus de bourreau pour tuer le bourreau.

Cette évidence plongea l'assemblée dans la plus grande consternation et la chaleur, soudain devenue intolérable, fit ruisseler le front des magistrats. Camille, qui jusque-là semblait indifférente au déroulement du cérémonial, releva la tête, son regard rencontra celui de la Nonante et sa main se referma sur le talisman qu'elle lui avait offert. Le plus étrange fut encore que nul ne songea à réduire au silence la vieille et que le plus ancien des magistrats tenta même de lui répondre courtoisement :

– Si personne ne brigue la charge, ce dont je doute...

Le rire de la Nonante découvrit ses gencives édentées et interrompit le magistrat.

– Briguer la charge! Vous vous moquez, mon beau monsieur, briguer la mort, oui! Qu'est-il advenu de vos gentils exécuteurs depuis que mon petit-fils a été pendu? Celui qui lui avait posé les cordes mourut de fièvre neuf jours plus tard. Son successeur se rompit les os en tombant de l'échafaud. Le suivant fut assassiné dans son sommeil. Et le dernier en date, vous le jugez à présent. Bravo, bravissimo, messieurs! En le condamnant à mort, vous m'aidez à accomplir ma tâche. Grâce à vous, mon triomphe sera célébré aujourd'hui et la malédiction de la Nonante se perpétuera. Alors, qui sera le prochain? Allez, allez, jeunes gens, la charge ne vaut pas cher, et elle vous donnera droit – ô surcroît de bonheur – à la chaise percée et à la mort violente.

– Si nous ne trouvons pas d'exécuteur, nous désignerons, selon la coutume, le plus jeune marié parmi les membres du corps de la ville.

– Eh bien, soit! Je souhaite à ce pauvre jeune marié bien du plaisir dans le lit de la camarde.

– Silence!

– Et à ses victimes, bien du plaisir également entre les mains d'un homme si expert à assurer la volée de sa lame!

– Silence!

– Je me tais donc, puisque j'ai tout dit.

Bien que la perspective de la mort ne semblât pas l'effrayer – la mort n'était-elle pas depuis longtemps sa compagne? – Camille tenait toujours serré dans sa main le talisman de la Nonante et son regard ne quittait pas celui de la vieille qui venait de se rasseoir. On eût dit qu'un lien presque tangible unissait les deux femmes et que leur double magie sécrétait un flux incessant de sensations qui rendait vulnérables l'assistance et même les juges. Dans la fournaise, la loi des hommes allait se dissoudre comme les cristaux de fer dans les cornues du comte de Trévoux. La peur étreignait les gorges. Serait-il dit que Lyon n'échapperait jamais à la malédiction? Quel geste, quel sacrifice, quelle prière, interromprait le cortège des fièvres et des famines? La Vierge, qui avait autrefois éloigné la peste, ne viendrait-elle pas de nouveau les secourir?

Il fallait terrasser le démon. Il fallait délivrer la ville de tous les sortilèges. Monsieur de Lyon ne mourrait pas de male mort pour que vivent ses successeurs.

On profita d'une courte interruption de séance pour vêtir Camille de l'habit qui l'avait rendue illustre. La poitrine comprimée sous la veste brodée de la potence noire et de l'échelle d'or, les cheveux dissimulés sous la perruque et la taille ceinte du baudrier, elle écouta la sentence.

Camille Laubreçay était condamnée au bagne.

10

LA CHALEUR S'ÉTAIT LENTEMENT RETIRÉE...

La chaleur s'était lentement retirée et la ville respirait à nouveau à pleins poumons. Déjà, on ne parlait plus des souffrances de l'été et on n'évoquait l'affaire de la bourrelle qu'à mots couverts de crainte de raviver l'ancienne plaie. Le jugement rendu avait impressionné toute la ville par sa modération et sa sagesse. Bien sûr, la haine n'y trouvait pas son compte, mais chacun éprouvait le sentiment que la peine était assez forte pour permettre à la coupable de payer ses crimes et assez légère pour rompre la malédiction de la Nonante. Une sentence capitale eût donné raison à la vieille, tandis que la condamnation au bagne semblait en préservant la vie de Camille sauver celle de la cité. On murmurait même qu'un jeune Catalan briguait la charge d'exécuteur, et qu'après vérification de ses attributs, il irait bientôt ramper sur le plancher de l'Hôtel de Ville afin de ramasser sous le bureau de ces messieurs les lettres patentes. Celui-là enfin pourrait exercer sa fonction sans encourir l'anathème. Le bourreau n'est pas mort, vive le bourreau!

Une ordonnance de 1748 proposée par Maurepas avait supprimé les galères, tandis qu'une autre de la même année introduisait le terme de bagne et créait celui de Toulon. Logés à bord d'anciens bâtiments, les bagnards étaient employés dans les arsenaux militaires. Il fut décidé que Camille partirait pour Toulon avec la chaîne des hommes. Elle avait voulu être homme, elle serait punie comme tel. D'ailleurs, quand on la fit descendre dans la cour des fers, elle n'avait plus l'apparence ni d'un homme ni d'une femme. Vêtue d'une casaque rouge trop grande et d'un pantalon jaune sans forme, la tête rasée et couverte d'un bonnet rouge et vert portant une plaque en fer-blanc sur laquelle était gravé le numéro 17325, qui devait désormais remplacer son nom, elle ne ressemblait plus guère au fringant monsieur de Lyon qu'elle avait été, pas plus du reste qu'à la jeune bourgeoise de La Rochelle. En revanche, elle différait peu des vingt autres bagnards qui étaient du voyage.

Les argousins les accouplèrent par rang de taille à une chaîne d'environ deux mètres reliée à un cordon central et ils furent ferrés sur une enclume appuyée à leur dos. Chaque choc les ébranlait jusqu'à la moelle, cependant ils devaient bien prendre garde de ne pas bouger, au moindre faux mouvement leur cervelle eût jailli de leurs crânes fracassés. Les plaisanteries obscènes s'éteignirent sous la fureur des coups. Puis on entassa les vingt et un bougres qui ne faisaient plus qu'un seul corps souffreteux, tirant à hue et à dia, sur une charrette paysanne qui se mit en route à la nuit tombée. Bien peu de Lyonnais virent passer le sinistre tombereau et le numéro 17325 quitta sans bruit la ville.

Dans les villages qu'ils traversèrent les jours suivants, les volets s'ouvrirent sur leur passage et, le regard ahuri, des familles entières dévisagèrent ces êtres qui n'avaient plus de visage. Bientôt des rumeurs précédèrent leur venue. On disait qu'une sorcière, un enfanticide, une avorteuse, un bourreau, une bourrelle, un monstre, une goule se cachait parmi les bagnards. Alors les paysans accoururent des hameaux voisins, plus nombreux encore que sur le passage du comte de Provence en grand équipage. Chacun jouait à désigner du doigt ou du poing le prisonnier qui lui semblait le mieux correspondre au personnage fabuleux et horrible dont on lui avait parlé. Il faut dire que les avis divergeaient et que le numéro 17325 ne fut pas plus visé que les autres par les quolibets et les projectiles. Il fallut recouvrir d'une bâche la charrette pour éviter les troubles, d'autant que certains villageois prétendaient que les puits se tarissaient sur le passage du convoi et que les vaches vêlaient bien avant leur heure. De la toile jaunie par la poussière ne jaillissaient plus que quelques membres emmêlés qui pendaient dans le vide. On eût dit une troupe en déroute emportant ses morts à plein tombereau.

On raconta même que, dans chaque village, une dizaine de minutes à peine après le départ des maudits, apparaissait une espèce de grand démon aux yeux brûlants et aux cheveux plus flamboyants qu'une futaie incendiée qui semblait suivre à distance la charrette des bagnards en prenant bien garde de ne pas se faire remarquer par les argousins. Certains pensèrent fort justement que le fourgon emportait sans doute son fils, son frère ou son ami, d'autres plus superstitieux crurent deviner en lui une puissance infernale et, subjugués par la double flamme de son regard et de sa chevelure, l'appelèrent le diable rouge.

La nuit, les argousins faisaient dormir la bête aux vingt et un regards dans une étable ou, plus simplement encore, à la belle étoile. Une soupe couleur de purin suffisait à la nourriture de l'animal qui s'assoupissait bientôt. Les argousins veillaient sur son sommeil, mais la fatigue les rendait sujets aux hallucinations et à toutes les erreurs des sens. Parfois, ils croyaient entendre le pas glissant de quelque rôdeur, parfois ils devinaient dans l'obscurité les ombres furtives des grands carnassiers attirés par l'odeur du monstre blessé. Souvent aussi, le diable rouge se glissait par la fente de leurs paupières à demi closes.

Après dix-huit jours de voyage, on approcha de Toulon. Un soir, les maudits et leurs surveillants établirent leur camp en pleine garrigue. La nuit était sans lune, ce qui ne facilitait pas le travail des argousins, pourtant cet inconvénient était largement compensé par le fait que toutes les plantes desséchées par la canicule des mois précédents craquaient sous les pas et qu'il eût été difficile de s'aventurer sans bruit dans les parages. Les hommes du convoi n'avaient aucune autre possibilité de nourrir leurs prisonniers que de leur mitonner un semblant de soupe qui les tiendrait en vie jusqu'au terme du voyage. Ils allumèrent donc un foyer et les brindilles craquèrent comme un feu de Bengale. Ce fut à cet instant-là que, sans que personne ne l'eût entendu venir, surgit le diable rouge.

– Je vous salue bien, messieurs.

Les argousins allaient s'élancer sur lui, quand la bête aux vingt et un regards secoua ses chaînes dans un vacarme d'enfer.

– Du calme, du calme, cria le diable rouge à pleins poumons. Je suis seulement venu vous offrir de quoi épaissir votre soupe.

Il vida le contenu de son tablier de cuir fauve dans la bassine placée au-dessus des sarments.

– Bon appétit, messieurs!

Puis il s'enfuit à toutes jambes dans la nuit de la garrigue. Les argousins ne trouvèrent dans la marmite que quelques innocents légumes : carottes, navets et poireaux. De tous ces présents, l'ordinaire fut amélioré et gardiens et bagnards ne tardèrent pas à sombrer dans le plus profond sommeil.

Aux premières lueurs du jour, les argousins s'éveillèrent en sursaut, la tête vide et la gorge serrée par l'angoisse. Que s'était-il passé? Etait-ce possible qu'oubliant leur tour de garde, ils se fussent tous endormis en même temps? Foi d'argousin, ils ne se seraient jamais crus capables d'une telle inconduite! Une main inconnue avait agi dans tout cela et ce n'était certes pas la providence qui la dirigeait.

A dire vrai, nos hommes ne s'embarrassèrent pas longtemps de ces considérations philosophiques. Ils sautèrent sur leurs pieds et firent le compte des bagnards. Vingt. Il n'y avait plus que vingt bonnets verts et rouges. La manicle du numéro 17325 avait été sciée et ledit numéro 17325 avait pris la poudre d'escampette. Les argousins eurent beau faire alterner jurons et suppliques à la Vierge, le numéro 17325 resta introuvable. En arrivant à Toulon, ils durent payer une amende de quatre cents livres et subir trois mois de cachot.

Malgré les efforts conjugués des archers et de la troupe, jamais Camille ne fut retrouvée. Qu'avait donc jeté le diable rouge dans la marmite des surveillants? On l'ignora toujours. S'il parut évident que le diable rouge et Antonin n'étaient qu'un seul et même homme, en revanche on ne put déterminer avec certitude ce qui avait provoqué l'étrange sommeil des gardiens. Certains pensèrent que le talisman de la Nonante avait été pour les fuyards d'un puissant secours. Mais tant de légendes circulèrent à propos de nos deux amis qu'il semble impossible de tracer une ligne de partage entre la fable et la réalité.

Des années après l'évasion, on crut voir Camille et Antonin chevaucher deux juments noires sur une plage de l'île de Ré. On les aperçut encore dans les forêts cévenoles. Puis, un quart de siècle plus tard, des marins prétendirent les avoir rencontrés en Amérique. Camille franchissait les années et les frontières sans coup férir. Tantôt vêtue en homme, tantôt en femme, elle surgissait au carrefour du rêve et de la mémoire. Jusqu'aux mères qui, à la nuit tombée, chuchotaient à leurs bambins : « Si tu ne veux pas dormir, la bourrelle viendra te chercher, car elle sait, la bourrelle, fermer les paupières des petits et des grands. »

A plusieurs reprises, on crut pouvoir assurer que Camille était morte, mais les témoins ne se mirent jamais d'accord sur le lieu et sur l'heure de sa disparition. Ainsi que le fait remarquer ironiquement Sénèque dans l'Apocoloquintose à propos de la mort de l'empereur Claude : « *Horam non possum certam tibi dicere : facilius inter philosophos quam inter horologia conveniet. (1)* »

D'ailleurs, plus d'un siècle après ces événe-

(1) « Je ne peux pas te dire l'heure avec certitude : il est plus facile de s'entendre entre philosophes qu'entre horloges. »

ments, des témoins dignes de foi déclarèrent avoir croisé Camille dans les Carpates, puis en Ecosse, et enfin, il y a vingt ans à peine, sur la côte ouest des Etats-Unis. Leurs déclarations se recoupaient parfaitement en deux points : le fidèle Antonin étant mort depuis longtemps, Camille vivait désormais seule et elle possédait toujours ce port altier, cette chevelure éblouissante et ce teint de roses et de lys qu'on lui avait connus deux cents ans plus tôt. Le talisman de la Nonante semblait la protéger des atteintes du temps et des hommes.

Près de La Rochelle, il est un lieu malmené par les vents que l'on nomme le promontoire de la Dame. A cet endroit précis où Camille vit Laurent pour la dernière fois, une vieille tour interroge l'océan. Comme les épaves, elle n'appartient à personne. On raconte que les nuits de grande marée, Camille y vient dormir. Les femmes du pays qui ont un des leurs emprisonné déposent parfois devant la porte un poisson ou quelques huîtres en guise d'offrande. Camille, murmure-t-on, s'entremet volontiers pour secourir les détenus. Mais que ne dit-on pas d'elle? Certains la redoutent, d'autres la prient en secret.

« Ne l'oubliez pas, le bourreau se tient déjà derrière la porte. »

Littérature

extrait du catalogue

Cette collection est d'abord marquée par sa diversité : classiques, grands romans contemporains ou même des livres d'auteurs réputés plus difficiles, comme Borges, Soupault, Goes. En fait, c'est tout le roman qui est proposé ici, Henri Troyat, Bernard Clavel, Guy des Cars, Alain Robbe-Grillet, mais aussi des écrivains tels que Moravia, Colleen McCullough ou Konsalik.

Les classiques tels que Stendhal, Maupassant, Flaubert, Zola, Balzac, etc. sont publiés en texte intégral au prix le plus bas de toute l'édition. Chaque volume est complété par un cahier photos illustrant la biographie de l'auteur.

ADLER Philippe	**C'est peut-être ça l'amour** 2284/**3***
	Les amies de ma femme 2439/**3***
AMADOU Jean	**Heureux les convaincus** 2110/**3***
ANDREWS Virginia C.	Fleurs captives :
	- Fleurs captives 1165/**4***
	- Pétales au vent 1237/**4***
	- Bouquet d'épines 1350/**4***
	- Les racines du passé 1818/**4***
	- Le jardin des ombres 2526/**4***
	Ma douce Audrina 1578/**4***
ANGER Henri	**La mille et unième rue** 2564/**3*** (avril 89)
APOLLINAIRE Guillaume	**Les onze mille verges** 704/**1***
	Les exploits d'un jeune don Juan 875/**1***
ARCHER Jeffrey	**Kane et Abel** 2109/**6***
	Faut-il le dire à la Présidente ? 2376/**4***
ARTUR José	**Parlons de moi y a que ça qui m'intéresse** 2542/**4***
AUEL Jean-M.	**Les chasseurs de mammouths** 2213/**5*** & 2214/**5***
AURIOL H. & NEVEU C.	**Une histoire d'hommes** 2423/**4***
AVRIL Nicole	**La disgrâce** 1344/**3***
	Jeanne 1879/**3***
	L'été de la Saint-Valentin 2038/**2***
	La première alliance 2168 /**3***
AZNAVOUR-GARVARENTZ	**Aïda Petit frère** 2358/**3***
BACH Richard	**Jonathan Livingston le goéland** 1562/**1*** illustré
	Illusions 2111/**2***
	Un pont sur l'infini 2270/**4***
BALZAC Honoré de	**Le père Goriot** 1988/**2***
BARBER Noël	**Tanamera** 1804/**4*** & 1805/**4***
BATS Joël	**Gardien de ma vie** 2238/**3*** illustré
BAUDELAIRE Charles	**Les Fleurs du mal** 1939/**2***
BEAULIEU PRESLEY Priscillia	**Elvis et moi** 2157/**4*** illustré

Littérature

BENZONI Juliette	Un aussi long chemin 1872/4*
	Le Gerfaut des Brumes :
	- Le Gerfaut 2206/6*
	- Un collier pour le diable 2207/6*
	- Le trésor 2208/5*
	- Haute-Savane 2209/5*
BEYALA Calixthe	C'est le soleil qui m'a brûlée 2512/2*
BINCHY Maeve	Nos rêves de Castlebay 2444/6*
BISIAUX M. & JAJOLET C.	Chat plume 2545/5*
BOMSEL Marie-Claude	Pas si bêtes 2331/3* illustré
BORGES & BIOY CASARES	Nouveaux contes de Bustos Domecq 1908/3*
BOURGEADE Pierre	Le lac d'Orta 2410/2*
BOVE Emmanuel	Mes amis 1973/3*
BRADFORD Sarah	Grace 2002/4*
BRISKIN Jacqueline	La croisée des destins 2146/6*
BROCHIER Jean-Jacques	Odette Genonceau 1111/1*
	Villa Marguerite 1556/2*
	Un cauchemar 2046/2*
	L'hallali 2541/2*
BURON Nicole de	Vas-y maman 1031/2*
	Dix-jours-de-rêve 1481/3*
	Qui c'est, ce garçon ? 2043/3*
CALDWELL Erskine	Le bâtard 1757/2*
CARS Guy des	La brute 47/3*
	Le château de la juive 97/4*
	La tricheuse 125/3*
	L'impure 173/4*
	La corruptrice 229/3*
	La demoiselle d'Opéra 246/3*
	Les filles de joie 265/3*
	La dame du cirque 295/2*
	Cette étrange tendresse 303/3*
	L'officier sans nom 331/3*
	Les sept femmes 347/4*
	La maudite 361/3*
	L'habitude d'amour 376/3*
	La révoltée 492/4*
	Amour de ma vie 516/3*
	La vipère 615/4*
	L'entremetteuse 639/4*
	Une certaine dame 696/4*
	L'insolence de sa beauté 736/3*
	J'ose 858/2*
	La justicière 1163/2*
	La vie secrète de Dorothée Gindt 1236/2*
	La femme qui en savait trop 1293/2*

	Le château du clown 1357/4★
	La femme sans frontières 1518/3★
	Les reines de coeur 1783/3★
	La coupable 1880/3★
	L'envoûteuse 2016/5★
	Le faiseur de morts 2063/3★
	La vengeresse 2253/3★
	Sang d'Afrique 2291/5★
	Le crime de Mathilde 2375/4★
CARS Jean des	Elisabeth d'Autriche 1692/4★
CASTELOT André	Belles et tragiques amours de l'Histoire 1956/4★ & 1957/4★
CASTRIES duc de	Madame Récamier 1835/4★
CATO Nancy	L'Australienne 1969/4★ & 1970/4★
	Les étoiles du Pacifique 2183/4★ & 2184/4★
	Lady F. 2603/4★ (juin 89)
CESBRON Gilbert	Chiens perdus sans collier 6/2★
	C'est Mozart qu'on assassine 379/3★
CHABAN-DELMAS Jacques	La dame d'Aquitaine 2409/2★
CHASTENET Geneviève	Marie-Louise 2024/5★
CHAVELET É. & DANNE J. de	Avenue Foch 1949/3★
CHEDID Andrée	La maison sans racines 2065/2★
	Le sixième jour 2529/3★
CHOW CHING LIE	Le palanquin des larmes 859/4★
	Concerto du fleuve Jaune 1202/3★
CHRIS Long	Johnny 2380/4★ illustré
CLANCIER Georges-Emmanuel	Le pain noir :
	1- Le pain noir 651/3★
	2- La fabrique du roi 652/3★
	3- Les drapeaux de la ville 653/4★
	4- La dernière saison 654/4★
CLAUDE Madame	Le meilleur c'est l'autre 2170/3★
CLAVEL Bernard	Lettre à un képi blanc 100/1★
	Le tonnerre de Dieu 290/1★
	Le voyage du père 300/1★
	L'Espagnol 309/4★
	Malataverne 324/1★
	L'hercule sur la place 333/3★
	Le tambour du bief 457/2★
	Le massacre des innocents 474/1★
	L'espion aux yeux verts 499/3★
	La grande patience :
	1- La maison des autres 522/4★
	2- Celui qui voulait voir la mer 523/4★
	3- Le cœur des vivants 524/4★
	4- Les fruits de l'hiver 525/4★

CLAVEL (suite)	Le Seigneur du Fleuve 590/3*
	Victoire au Mans 611/2*
	Pirates du Rhône 658/2*
	Le silence des armes 742/3*
	Tiennot 1099/2*
	Les colonnes du ciel :
	1- La saison des loups 1235/3*
	2- La lumière du lac 1306/4*
	3- La femme de guerre 1356/3*
	4- Marie Bon Pain 1422/3*
	5- Compagnons du Nouveau-Monde 1503/3*
	Terres de mémoire 1729/2*
	Bernard Clavel, qui êtes-vous ? 1895/2*
	Le Royaume du Nord :
	- Harricana 2153/4*
	- L'Or de la terre 2328/4*
	- Miséréré 2540/4*
CLERC Christine	L'Arpeggione 2513/3*
CLERC Michel	Les hommes mariés 2141/3*
COCTEAU Jean	Orphée 2172/2*
COLETTE	Le blé en herbe 2/1*
COLLINS Jackie	Les dessous de Hollywood 2234/4* & 2235/4*
CONTRUCCI Jean	Un jour, tu verras 2478/3* (avril 89)
CORMAN Avery	Kramer contre Kramer 1044/3*
COUSSE Raymond	Stratégie pour deux jambons 1840/2*
DANA Jacqueline	L'été du diable 2064/3*
	Les noces de Camille 2477/3*
DARLAN Eva	Le Journal d'une chic fille 2211/3*
DAUDET Alphonse	Tartarin de Tarascon 34/1*
	Lettres de mon moulin 844/1*
DAVENAT Colette	Les émigrés du roi 2227/6*
	Daisy Rose 2597/6* (juin 89)
DEFLANDRE Bernard	La soupe aux doryphores 2185/4*
DHÔTEL André	Le pays où l'on n'arrive jamais 61/2*
DIDEROT	Jacques le fataliste 2023/3*
DJIAN Philippe	37°2 le matin 1951/4*
	Bleu comme l'enfer 1971/4*
	Zone érogène 2062/4*
	Maudit manège 2167/5*
	50 contre 1 2363/3*
DORIN Françoise	Les lits à une place 1369/4*
	Les miroirs truqués 1519/4*
	Les jupes-culottes 1893/4*
DOS PASSOS John	Les trois femmes de Jed Morris 1867/4*
DUFOUR Hortense	Le Diable blanc 2507/4*

DUMAS Alexandre	*La dame de Monsoreau* 1841/**5**★
	Le vicomte de Bragelonne 2298/**4**★ & 2299/**4**★
DUNNE Dominick	*Pour l'honneur des Grenville* 2365/**4**★
DYE Dale A.	*Platoon* 2201/**3**★
DZAGOYAN René	*Le système Aristote* 1817/**4**★
EGAN Robert & Louise	*La petite boutique des horreurs* 2202/**3**★ illustré
ETIENNE J.-L. Dr & DUMONT E.	*Le marcheur du pôle* 2416/**3**★
EXBRAYAT Charles	*Ceux de la forêt* 2476/**2**★
FEUILLÈRE Edwige	*Moi, la Clairon* 1802/**2**★
FIELDING Joy	*Le dernier été de Joanne Hunter* 2586/**5**★ (mai 89)
FLAUBERT Gustave	*Madame Bovary* 103/**3**★
FOUCAULT Jean-Pierre & Léon	*Les éclats de rire* 2391/**3**★
FRANCK Dan	*Les Adieux* 2377/**3**★
FRANCOS Ania	*Sauve-toi, Lola !* 1678/**4**★
FRISON-ROCHE	*La peau de bison* 715/**2**★
	La vallée sans hommes 775/**3**★
	Carnets sahariens 866/**3**★
	Premier de cordée 936/**3**★
	La grande crevasse 951/**3**★
	Retour à la montagne 960/**3**★
	La piste oubliée 1054/**3**★
	Le rapt 1181/**4**★
	Djebel Amour 1225/**4**★
	Le versant du soleil 1451/**4**★ & 1452/**4**★
	L'esclave de Dieu 2236/**6**★
FYOT Pierre	*Les remparts du silence* 2417/**3**★
GEDGE Pauline	*La dame du Nil* 1223/**3**★ & 1224/**3**★
	Les Enfants du Soleil 2182/**5**★
GERBER Alain	*Une rumeur d'éléphant* 1948/**5**★
	Le plaisir des sens 2158/**4**★
	Les heureux jours de Monsieur Ghichka 2252/**2**★
	Les jours de vin et de roses 2412/**2**★
GOES Albrecht	*Jusqu'à l'aube* 1940/**3**★
GOISLARD Paul-Henry	*La maison de Sarah* 2583/**5**★ (mai 89)
GORBATCHEV Mikhaïl	*Perestroïka* 2408/**4**★
GOULD Heywood	*Cocktail* 2575/**5**★
GRAY Martin	*Le livre de la vie* 839/**2**★
	Les forces de la vie 840/**2**★
GRIMM Ariane	*Journal intime d'une jeune fille* 2440/**3**★
GROULT Flora	*Maxime ou la déchirure* 518/**2**★
	Un seul ennui, les jours raccourcissent 897/**2**★
	Ni tout à fait la même, ni tout à fait une autre 1174/**3**★
	Une vie n'est pas assez 1450/**3**★
	Mémoires de moi 1567/**2**★

1049

Impression Brodard et Taupin
à La Flèche (Sarthe) le 9 mars 1989
6428A-5 Dépôt légal mars 1989
ISBN 2-277-21049-8
1er dépôt légal dans la collection : avril 1980
Imprimé en France
Editions J'ai lu
27, rue Cassette, 75006 Paris
diffusion France et étranger : Flammarion